Wandering in the Long Pandemic

疫情蔓漫徬徨時

劉玉梅——著

目次

楔子

一切始於新冠肺炎（COVID-19，嚴重特殊傳染性肺炎）的世界大流行，王秀安在計畫之外宅在家裡將近三年。此期間，波濤起伏的人類與病毒的戰疫尚未退場，另一場腥風血雨的人類與人類的戰役便已強悍的登上舞台。新冠肺炎疫情蔓延全球，而俄烏戰爭的烽火雖然在遠方，卻一樣的波及全世界。在周遭焦慮不安瀰漫的氛圍中，秀安正面臨著個人生命的轉彎處——年逾三十的她，未婚，情場不得意，工作不如意；在重重的迷霧中，未來該何去何從？她的內心百般糾結，萬分徬徨！

一、開始與結束

1

二〇二二年四月二十八日，王秀安在她的日記中特別標記了這一天。在這一天，臺灣的新冠肺炎本土確診個案，由兩年多以來的十〇、零星案例、數十例、數百例……首次飆升到突破一萬例；同時，這一天對她來說，是個結束也是個開始。

距離立夏沒幾天了，氣溫明顯讓人感受到炙熱沉悶。窗外樹上的鳥兒在子夜十二點，凌晨一點、兩點、三點、四點不尋常的吱吱叫。秀安想：鳥兒莫非受到節氣交替影響了生理時鐘嗎？或是聽到遠方特別的消息而亢奮難安？她記得小時候讀過童話書，說春秋時代有一個叫公治長的人能夠聽懂鳥語，於是連續幾個夜晚拉長耳朵細心聆聽鳥兒的交談，希望能夠從中解讀出一些關於什麼時候疫情會結束，或是什麼時候將世界太平的訊息；但遺憾的是，她一遍一遍地聽，都只聽到一串串重複的唧唧喳喳、嘰哩呱啦……。

在標記日的前一夜，就像之前的數個夜晚一樣，秀安在床上輾轉反側，彷彿睡著了，又彷彿一直沒有入睡，恍惚中突然感覺鳥兒的吱吱喳喳變成了鴿子的咕咕咕，她努力睜開雙眼瞄了一眼牆上掛鐘，看見短針過了一靠近二，再望向窗外，陽光明亮刺眼……。

什麼？已經是午後將近兩點了嗎？她從床上掙扎著爬起來，打著哈欠伸伸懶腰，任拖鞋在地板上啪啦啪啦響地晃進了盥洗室，漱口洗臉，然後走進廚房煮了一碗泡麵，端到電視機前的矮桌上，一邊拿起面前的遙控器，雙眼凝視著螢光幕，正好看見指揮官拿出手板，大大的數目字顯示11353[1]。她深深嘆了一口氣，用力按下遙控器，將電視關了；然後無精打采地低頭抓起筷子隨意撈了幾根麵條送進嘴裡，才咀嚼了兩下，便吐了出來。她雙手捧起麵碗，一股腦兒全部倒進廚餘桶。

踩著沉重的腳步回到房間，她將自己拋到床上，握緊雙拳捶打著床墊噗噗響，自言自語道：「真是混！糊裡糊塗作息亂糟糟！我要讓自己繼續蹉跎歲月嗎？就這樣莫名其妙將自己報廢掉嗎？誰說放任自己擺爛、不必替自己的人生負責，生活就會過得比較輕鬆呢？」

她焦躁不安，思緒一團混亂地對自己提出一串串問題。

哦，不！不！當然不可以！全部答案都是否定的。她不喜歡過萎靡不振的生活，也不喜歡擺爛的念頭！

突然間，她從床上一躍而起，將一頭烏黑亮麗的披肩秀髮梳理整齊綁成馬尾，換上全套棉質米黃色短袖運動上衣、寬鬆的長褲，外加一件嫩綠色的長袖薄罩衫；然後戴上口罩、護目鏡、帽子，全副防疫裝備，抖擻精神準備去山上好好整理思緒。

她坐在玄關的長椅上，邊穿運動鞋邊對自己說：「COVID-19自二〇一九年底經確認以來，臺灣在二〇二〇年一月二十日成立中央流行疫情指揮中心投入抗疫之戰，每天下午兩點召開記者會公布疫情。今天本土破萬例；根據美國約翰霍普金斯大學的數據，全球累計迄今逾五億一千一百七十四萬例確診，六百二十二・八萬人死亡。疫情不可能很快結束的！我要自動把所有的生活樂趣都撤走嗎？我要讓自己的人生停滯在這裡打轉嗎？誰有足夠大權勢和能力，能夠讓世界照他或她理想中的劇本走？誰有足夠的智慧和遠見，能夠精準地預測明天會怎樣？沒有！沒有任何人做得到！但我總可以做到不讓自己的日子消失在遲疑、退縮中吧？是的，我要擺脫自己給自己套上的枷鎖，讓人生繼續向前走！就算要頹廢，我也要在活力中頹廢！」

一股豁然開朗的感覺湧現心頭，她眉頭舒展地踏出家門。

2

咻！咻！轟！轟！咻！咻！轟！轟……當秀安在十字路口等紅綠燈時，突然聽見一陣車子的呼嘯聲，她反射作用地往後退一步，舉目往聲音來處望去，看見一輛嶄新拉風的敞篷車正在身旁的馬路上飛奔，駕駛座上穿著入時的年輕人帶著N95口罩，看不出那張臉是否和車子一樣帥氣。

靠北啊！吵死人了！太囂張了吧？北七！她望著車子奔馳的方向氣呼呼地嘀咕著，突然聽見有人高聲喊著：「秀安——王秀安——」

她的眼角餘光看到一個熟悉的身影正從不遠處向她奔來。是小朱耶！實在不希望再跟一個被稱為前男友的人有任何瓜葛呢！真傷腦筋！

她本想要假裝沒聽見他的叫聲、沒看見他，趁綠燈亮時趕快過馬路；但旋即念頭一轉：今天既然要思考如何面對現在和未來，索性連過去也一起面對吧！於是她正面迎向他，儘量讓自己的語氣平和地開口說：「小朱啊，你怎麼在這裡？什麼時候回來的？」

「秀安要去那裡？可否撥幾分鐘說話？」小朱的雙眼對著她打轉，語調帶著興奮和期待。「我來這附近看一個親戚，剛從他家出來，心裡正希望能遇見妳，沒想到真的看到妳！好高興！實在太巧了，好想跟妳談談。」

她爽快地點點頭，領他走向附近的巷弄中。那裡有一個簡樸、乾淨的迷你社區公園。圍繞著小公園四周的是修剪整齊的長綠矮灌木，區內幾叢開滿紅花的馬櫻丹、幾棵枝葉茂盛的榕樹和鳳凰樹、幾組簡單的健身設施，還有一個大象造型的滑梯、幾張木製長椅和一組四方形石桌椅。雖與車水馬龍吵雜的大馬路相隔僅僅兩分鐘路程，但每天的這時段，小公園裡幾乎都空無一人，無比清幽寂靜。

他們在長滿鬍鬚的榕樹綠蔭下的四方形石桌椅前停下腳步，對面而坐。小朱迫不及待地開始說話，彷彿有很多事要說給她聽。

他說：「妳知道的，我和公司那個同事結婚後，已經有一個女兒兩歲多，一家三口住在上海；買了房子，有時候太太的家人也會來一起住。父親在三月十五日的夜裡心臟病發過世，隔天一早便搭機回來奔喪，直接搭防疫計程車回鄉下。因為考慮到兩邊都需要入境防疫隔離，只我一個人回來。鄉下的家，三合院，角落有一寬敞的休閒室，裡面有床和衛浴設備，就在那裡進行一人一戶的隔離。防疫期間，堅守規定，不與家人接觸，所有的祭拜儀式，都在休閒室門口同步參與遙祭。我那個還在美國讀博士學位的小妹，在父親過世的三天前參加了一場婚禮派對，聚集了一百五十多位來賓，隔日通報共有三十七人確診，她也是其中之一，所以沒有回來。父親最疼愛她，不能回來跟他告別，讓她痛不欲生！」

這時候她動了動嘴唇，她想說：「美式的結婚宴會雖然是在戶外，但大家都沒有戴口罩，而且擁抱、唱歌、跳舞、說話、吃東西、喝飲料、情緒亢奮熱烈互動……病毒比較容易傳播。」

但她還沒來得及開口，小朱便自顧自地延續話題。

「唉！妹妹的遺憾，那也是沒辦法的事！非常時期，一切簡化。父親過世七天就出殯了，沒有公祭，只有我們一家人和他的親兄弟姊妹參加家祭，謝絕其他親朋好友出席。父親的喪禮，比起以前爺爺、奶奶過世時的場面，真是不可同日而語！我雖然回家了，但因為隔離期未滿，也是未能親自送他上山頭！這是時代的無奈，他會懂的。」小朱繼續說：「原本預計一切後事辦好了立刻回上海，但公司要我留下來處理一些事情，所以延到五月十六日的班機離開。」

小朱停下來大大嘆了一口氣，隨即又說：「我還是希望能儘量提早回去，因為再不回去，恐怕婚姻要出問題了！妳知道的，那隻被稱為『我沒空的OMICRON變種病毒株，正忙著在很多地方興風作浪。上海封城打主動防控仗，我太太說她和女兒留在隔離區內，日子真難熬！我告訴她為了不讓無聊和恐懼打敗，要她給自己訂下隨時保持對女兒微笑的守則，每天多給自己喊口號做體操。」

小朱沒有給秀安開口的機會，變得結結巴巴繼續說：「太太說從四月中旬開始，經常在夜晚時分聽到附近有人大吼大叫，她怕有人發瘋了。她每天打十幾通電話給我，每次都叫苦連天，簡直到了歇斯底里的地步！還說快要沒東西吃了，要我想辦法早點回去；再不回去，她要離婚！真受不了動不動就拿離婚當威脅！」

秀安正想開口，卻聽見他又說：「她是那種情緒激烈的人，無論喜悅、憤怒還是驚訝，都會清楚地表現在臉上和聲音裡。結婚以來，至少說過一百次離婚了！病毒瘋了，封控區的人瘋了，我也快瘋了！這種時候，大家應該互相體諒，吵什麼吵嗎！煩死了！」

小朱從結結巴巴變得激動，又變得越說越小聲，終於停止說話。

聽小朱述說他的太太猛打電話給他拿離婚當威脅等等，她的耳際彷彿響著多年前湖畔小朱身旁的女孩那驚動湖畔鳥兒的嬌媚笑聲。朱太太那樣的音色透過網際網路傳送，也夠讓小朱驚心動魄的。她想。

防疫期間，人人臉上的喜怒哀樂都被形色各異的口罩遮掩著；秀安看不見小朱臉上的神情和氣色，但是從他說話的語氣和聲調，還有那下垂的雙肩，緊鎖的眉頭，她知道他內心充滿焦慮和不安。雖然不想對他有任何牽掛，但她很同情他。終於有機會開口，她想說些話安慰他。

「小朱，沒事的！因為封控讓生活變得很不方便，太太心情不好，在跟你撒嬌啊！時代共同的命運，很多事情讓人身不由己，你不用太擔心啦，太太和小孩都會沒事的。」

朱：「謝謝妳。啊——不好意思，我只顧說自己的，都沒有問妳好不好？」

「應該算是還好啦。」

朱：「在過去的兩年多以來，臺灣一直都算是疫情輕微的地方，曾經有超過兩百五十天的本土零確診紀錄；但自今年四月以來每天案例一天比一天大幅度增加，今天突破一萬例了，明天、後天、大後天……恐怕接下來很長一段時間，每天的數目都會很驚人的？」

「世界各國的高峰期都不同，我們這裡來的比較晚。不過，根據世界各地的報導，OMICRON雖然傳播力很強，但顯示感染者的症狀變輕了。現在雖然疫情還沒有終結，但很多國家已經開放國門、城市解封、恢復正常生活。臺灣也是走在與病毒共存的路上。」

朱：「雖然說輕症和無症狀的案例占絕大部分，但全中國數億人在隔離中；上海、北京還是很努力在清零。臺灣在過去染疫的人很少，但因為受世界牽動，這裡人們的日常也像其他國家一樣，比以前遭遇太多的不方便。光是不能出國、少了旅遊、少了聚會……生活樂趣的改變，就讓不少人感到苦悶了！因為過去相對輕鬆，現在才突然要真正開始面對嚴峻的疫情，恐怕人心的衝擊反而更大。而且，我發覺很多人已經對防疫產生疲乏和厭煩，大眾防疫的戒心已經鬆懈了，好像很多人都沒在怕了？」

「對，這種宣示『沒在怕』的現象我也感覺到了。去年每日數百例的時候，民眾自主封城；只要聽說某一家餐廳、百貨公司，或是某地的夜市、老街有確診者足跡，大家連去都不敢去；走在路上，遠遠看到人，不管認識或不認識的，都想儘量避開。但現在每日數萬例，卻看到很多地方擠滿人潮。我很擔心會不會因為有很多人打著『友情勝疫情』的旗號到處湊熱鬧？或是有些人明知自己確診了，但因症狀不嚴重而不願意通報、依然活力十足到處趴趴走？人潮聚集是否將導致疫情蔓延更快、時間拖更長？」

朱：「我認為都有可能的。但不管怎樣發展，妳要定下心來不受影響，好好保重！希望我們都能平安度過，健康活下來。」

「謝謝你的關心。大家都要平安。我想，很多人打了疫苗，而且已經有了對症的藥物，全世界有那麼多醫療人員、科學家，還有社會上好多人出錢出力，共同為戰勝病毒而努力，我們現在的處境，再怎麼困難，比起以前都算好很多了。不是嗎？」

「是一天比一天進步，但我們還是只能『希望』，『期待』一切終將沒有問題，最後真正會變怎樣，誰也說不準的。」小朱苦笑著說：「兩年多下來，有些人和事都變得很奇怪。前幾天聽上海的同事說，因為很多地方封城，連清明節也受到影響，不但代客掃墓業務大為盛行，淘寶等購物網，甚至出現了紙紮口罩、疫苗、消毒液、體溫槍、護目鏡等清明掃墓祭品！」

「哈哈！太幽默了吧！怎麼會想到用防疫用品祭拜呢？真是太搞笑！哈哈！」

朱：「唉！傳染病的疫情蔓延又漫長，戰爭也遲遲不結束，真的讓很多人受苦了。」

「但願往生者安息的地方，沒有病毒，也沒有戰爭的威脅！」

朱：「說到疫情和戰爭，我剛剛去拜訪的親戚也蒙受了一些損失。親戚開了一家貿易公司，做進出口家庭用品，他們公司有個斯里蘭卡客戶，貨款沒得收了，因為進口商已經宣布破產。以往斯里蘭卡觀光收入的二十五％來自俄羅斯及烏克蘭，俄羅斯還是他們的茶葉第二大買家，但戰爭導致兩國觀光客結凍，茶葉出口受阻。斯國本來就財政入不敷出已經多年，又受到新冠肺炎與俄烏戰爭的雙重打擊，外匯用罄，政府祭出數百項產品的進口禁令，進口商倒閉破產，也是很無奈。」

「他們的百姓受貧窮的折磨恐怕遠比受到病毒荼毒更慘吧？只怕社會將越來越動盪不安，也有可能國家宣布破產！看新聞報導其他還有很多國家，如寮國、埃及、土耳其、奈及利亞……經濟也都陷入嚴重困境。」

朱：「很多國家也都深受影響，特別是糧食、燃料和其他日常必需品價格，都因為戰爭所造成的供應失衡而上漲了。我們不談石油、天然氣，光就糧食來說就影響不小。剛剛聽親戚說，他前幾天在熟識的義大利餐館點了一盤以前常吃的麵食，端上桌發現比以前整整少了三分之一的量，而家裡常備的冷凍水餃在兩個月之間從一粒五元漲到七元，包子雖然沒漲價，但上個月開始明顯瘦了一大圈，這個月看起來又更瘦一些！饅頭也是越來越小！」

「物價大漲已經是全世界無法避免的共同現象。地球村的蝴蝶效應超乎我們的想像。世界各國因國際化而能夠互相合作，享受合作帶來的進步和經濟成長；但卻也因此變成相互依賴、互相牽制。任何一個國家或地方當下的措施，必然引發其他國家的連鎖反應。」

朱：「是啊，現在的世界可以說是牽一髮而動全身。記得去年八月初在網路上看到一則新聞，全球最大車廠豐田在越南的一家組裝線束的工廠，因為有一名工人新冠病毒檢測呈陽性，遭政府下令停工，導致嚴重影響到豐田的零件採購，最終宣布九月減產四十％，必須全面減少車供應量的配額。缺料嚴重，車子做不出來，全球都遇到同樣情形。」

「越南一個生產小零件的工廠內的一例確診，就讓世界供應鏈大打結！中國是世界工廠，也是世界市場，封控措施帶給生產經營不確定性，未來不管是在生產端或是消費端，所受到的影響必然更深、更廣、更遠。」

朱：「那是一定的！唉！病毒害慘了全世界，戰爭也是牽連各國受苦。人類歷史顯示，瘟疫所造成的死亡人數遠比戰爭多；但是，病毒固然可怕，面臨戰爭時的痛苦指數卻絕對比瘟疫更高。」

「是啊！現在的烏克蘭人民，誰有餘力去管戴不戴口罩的問題？都不知道明天是否還活著，誰去注意保持社交距離、避免群聚？」

朱：「每次聽到有人說臺灣是繼烏克蘭之後，戰爭風險最高的地方，就讓我很難過！」

「這種說法也是讓我很憂心！而我們的阿隆、陶莉，乃至福州嫂娘家的父母……又有誰能夠不擔憂呢？」

朱：「唉！如果臺海戰爭發生了，全世界也一樣都會被波及呀！萬一臺灣有事，全世界的科技產業必然都很慘！再說戰爭——俄烏烽火雖然表相是兩國之間的地緣戰爭，但實際上全世界都被捲進來了。這是場大國之間的博弈、較量，勢力角逐的爭奪戰，要結束可能和疫情一樣不容易！當前的世界已經陷入難以打開視野的困境，那是命運同體的每一個人，都必須面對的事。」

「唉！疫情一波又一波，這一波美國、法國、以色列先後在二〇二二年一月達到流行的最高峰，香港、南韓在三月達到流行的最高峰，上海在三月底開始封控，臺灣從今年四月初開始往上竄，恐怕今年都不好過！這種彷彿永遠望不到盡頭的感覺，讓人生活籠罩在不安之下，面對未來不知所措，什麼事都不想做。我感覺很沮喪！很徬徨！」

朱：「噢！我一直以為妳心智很堅定，總是能夠在充滿負面消息的陰暗情境中找到光明和希望，讓自己有積極的定位和生活座標。如果連妳這麼沉得住氣的人都變得浮躁了，那麼恐怕有很多人須要心理醫師幫忙療傷止痛了！」

「唉！大家都一樣無奈。憂鬱症患者確實增加了。我在爸媽店裡聽到幾位常來的七十歲左右的客人說：『退休後，原本一群老朋友經常相約喝下午茶、聊天、唱卡拉OK，或是結伴海內外旅遊；以前從來沒有想過這一生竟然會碰上這麼一段漫長、無聊又讓人不安的防疫日子，老朋友圈裡有好幾位得了憂鬱症。』其實，這種一念天堂一念地獄的心魔糾結，還是得靠自己克服。每個人都必須學習當自己的醫師，自己的傷痛自己撫平。」

朱：「沒錯，靠自己克服！這正是我心目中的妳會做的事。而且我相信妳在之前那段徬徨的時間裡，必定在潛意識裡做了很多思考，尋找新的人生路，只是妳自己不知道而已。」

「噢？謝謝你這樣鼓勵我。其實，真的好一陣子我放任自己像患了憂鬱症一樣，生活變得死氣沉沉。就在剛剛出門前，才下定決心開始調適心情，準備與所有的惶惑、憂慮和平共存。套句俗話說，不能後退的時候，只好想辦法前進。這個轉念要感謝昨天曼玲的line給了我很大的幫助。」

朱：「哦！羅曼玲，真是難得的好朋友！當年我活該被她罵慘了。真是對不起妳。」

「過去的就讓它隨風而去吧！曼玲在line提到一位來自美國俄亥俄州的素人歌手，舞台上名叫Nightbirde，參加《美國達人秀》時在台上說了一句膾炙人口的名言：You can't wait until life isn't hard anymore before you decide to be happy.——總不能等到人生不再艱難的時候才決定要活得快樂。她三十歲，癌細胞蔓延肝、肺，醫師說存活率僅百分之二。對很多人來說，如果像她那樣病得那麼嚴重，可能都將餘生在傷痛欲絕中，哀聲嘆氣等待嚥下最後一口氣！但是，她鼓足生命力站上舞台高歌歡唱，笑著說百分之二不是零存活率，百分之二有其意義！想到那位歌手，感悟自己實在沒有資格自暴自棄！想想自己不被病毒感染的機率、不被戰爭烽火埋葬的機率、失戀之後再得到新戀情的機率，不管從那個面向去看，我所擁有的機率實在比她高太多太多了！你說，不是嗎？」

朱：「那是當然！妳將好好活下來、過著幸福美好的生活，我相信這種機率百分之百！」

「有人說，如果人生沒有遺憾，就表示沒有真正活過。我們都有一些遺憾，但我想我們不該只注意那些遺憾，我們要記住那些讓我們快樂和感恩的事……」

這時小朱舉起右掌，秀安也伸出她的右掌。兩人互相擊掌之後，小朱彷彿已經忘掉了壓在他心頭的焦慮和不安，眼神發亮說道：「有好朋友互相打氣，真好！有人說，不要預支明天的憂慮，一天的難處一天當就夠了，因為即便你今天拚命想把明天的困難一起憂慮掉，明天的困難還是存在。」

「沒錯！不要杞人憂天！實體戰爭的戰略、戰術、何時結束？疫情盡頭在何處？病毒可能流感化、感冒化、長存人間等問題，每天都有專家在研究，也有名嘴在分析，期待他們能找出解決之道！我們只能接受變化，迎接挑戰，儘量做些生活上的調整，努力在戒慎中不恐懼地讓平凡的日子繼續運轉，希望不增加家人和社會的負擔。」

朱：「如果說這個疫情是一場大篩選，那麼我們不被淘汰的機率少說也有五成。再怎麼說，病毒還沒有打敗我們，我們怎麼可以讓自己打倒自己呢？讓我們一起加油吧！」

秀安欣然接收了小朱的回應。而能夠坦然面對前男友，並且自在地在他的面前談失戀、找新戀情，更讓她感覺無比暢快。她知道自己不後悔曾經與小朱認真交往過，也不懊惱選擇與他不拖泥帶水的分手。同時她想起很久以前讀過一本書叫做《別讓世界的單薄奪去你生命的厚度》，裡面有一句話她非常喜歡：「所謂的把人生過好，可以說是就算失敗也很爽，而不是追求不失敗。」

---

1 以下數據摘錄自新聞報導，僅供疫情變化參考。
* 2022.04.28疫情指揮中心指揮官的手板顯示臺灣新增1萬1353例本土病例，創單日新高。（截至當日，全球累計確診5億1180萬5480例，死亡622萬9294例。）
* 2022.06.15臺灣新增6萬8939例本土病例。（截至當日，全球累計確診5億3672萬4656例，死亡631萬2602例。）
* 2022.08.31指揮官手板顯示臺灣新增3萬4389例本土病例。（截至當日，全球累計確診6億248萬3264例，死亡649萬1626例。）

二、歡聚與隔離

1

二〇一〇年六月，王秀安大學外文系畢業，同年七月進入一家五金工廠的臺北貿易部工作。二〇一五年，公司擴大營運，在大陸崑山、深圳、東莞增設新廠，貿易部移往上海，她跟著去了之後，年年都從元宵節離家時，就開始引頸企盼著農曆新年時回臺灣過年。儘管早已過了三十而立之年，她還是像小孩一樣雀躍歡喜過新年。特別是二〇一九年，她更殷殷期盼。因為這一年結束時，她有一個月特休假，加上新曆年、舊曆年的例行假日，她將享有長達四十五天的假期。同事問她是否利用長假去旅行充電，她回答哪兒都不去，只想回家過年。

日日在忙碌中壓抑著滿懷鄉愁，終於等到了年終，她迫不及待奔向返鄉的旅途。登上飛機、調整好身心，閉目養神，松山機場到了！下飛機、出關，哥哥王敦謙一邊接過她的大行李，一邊絮絮叨叨問候。往家前進的途中，車內空調舒適，駕駛座前的哥哥身上有一股安然的氣質，看起來是那麼篤定、沉穩，她原本緊繃的身心，全然輕鬆了起來。

家，甜蜜的家，位於臺北鬧區邊陲的山腳下、公園邊，一幢老舊的四層公寓的一樓。她愛極了住家附近的那座小山和花木扶疏的公園，愛那徒步幾分鐘就可以到的熱鬧商圈，也愛假日經常有親朋好友來家裡聚會。

秀安的媽媽有一個弟弟和一個妹妹。因為外公外婆很早就過世了，自她懂事以來，她的阿姨和舅舅兩家都來和媽媽一起過新年。她永遠記得二〇二〇年一月二十五日大年初一，三家人一起享用過豐盛的午餐之後，長輩們輪流手握麥克風歡唱，沒有唱歌的空檔不忘高談闊論，諷刺名人，談論時政，熱鬧哄哄；表兄弟姊妹們擠在一起，吱吱喳喳笑哈哈，有時候互相吹牛或是談些炒冷飯的話題，就算是狗屎胡扯也覺得新鮮有趣。當大家聊到近期海外之行的計畫時，她的哥哥敦謙率先說他三月要參加公司招待的資深員工韓國五日遊；舅舅的大女兒說她已經報名參加旅遊團，三月中旬要去土耳其玩一個禮拜；阿姨的大兒子說他五月要去印度賣太陽能板，讓業務發光發熱；阿姨的小女兒說她患了職業倦怠感，想要辭職去紐西蘭遊學充電；舅舅的小兒子說他和朋友計畫去上海開英語補習班，同時提議大家組團去上海，要秀安招待。他的提議，不但表兄弟姊妹們都拍手高聲大喊，讚！讚！連一旁的阿姨、姨丈和舅舅、舅媽也附和馬上組團，大家像中了樂透一樣興奮。

「喔，看起來你們日子都很好過，而且很有計畫啊！可是各位都不擔心新冠肺炎可能大流行嗎？」秀安問。

「只是大陸比較嚴重吧？」舅舅的小兒子說。

「目前是這樣，但就怕瞬息萬變。」秀安說：「聽說在一月二十三日武漢封城之前，有數百萬人離開武漢，有的人返鄉，有的人遷移到城外，有的人搭機到國外。不知道有多少人來臺灣？」

表兄弟姊妹們沒有人回答她的問題，倒是舅舅大聲說：「他們的文化和旅遊部規定，從二〇一九年八月一日起暫停四十七個城市的人民來臺灣自由行，隨後也陸續限縮團體旅客來臺灣。在他們的政府當局這樣的限制之下，除了去那邊工作返鄉過年之外，這次從武漢來的人數可能不會太多。」

姨丈接著說：「一定有統計數字出來，不過我猜應該是比較多數人去香港、澳門、泰國、新加坡、日本，當然美國、加拿大、歐洲各國也都會有人去。」

舅舅和姨丈說完，就回頭去唱卡拉OK了。他們兩個高歌合唱時，互相配合節拍，很有默契故意帶點戲劇化的誇張表演，雖然歌聲很普通，但喜感十足，大家都覺得他們是最佳趣味拍檔。

「舅舅說的對。」阿姨的大兒子說：「以前到處的景點都看到一團團來自大陸的遊客，近來好像都沒有了。每次選舉時，兩岸問題都被社會拿來討論，不知道對岸當局限縮臺灣旅遊的動作，和我們二〇二〇年一月十一日的總統、副總統與立法委員的投票日，是否有關聯？」

表兄弟姊妹們彷彿都在認真思考怎麼解答這個問題，有段時間大家都靜默著。終於舅舅的大女兒發出清脆悅耳的聲音，將話題帶回旅遊的方向：「好啦，不必那麼嚴肅想那麼多！我的心現在已經飛到土耳其了，希望這次的COVID-19不會到處蔓延，不要影響了我的旅遊計畫。」

「安啦，以前SARS不是很快就沒事了嗎？」

「沒聽說土耳其有COVID-19案例。」

「印度到現在也沒聽說有問題。」

「聽說印度人喜歡吃咖哩，免疫力比較強。」

「歐洲也沒聽說有什麼問題。以後有機會，我還要去瑞士。」

「聽說克羅埃西亞很漂亮。」

「芬蘭、挪威也是很漂亮。」

「世界風景漂亮、好吃、好玩的地方太多了，我們要努力工作、賺錢，多多到世界各地走走看看。」

……

……

大年初一，秀安的表兄弟姊妹們七嘴八舌，興高采烈地討論著異國風光、美食，大夥兒樂觀的模樣，彷彿篤定自己在這場疫情中是個局外人。但是，沒有人能夠置身事外，大家都在二月底之前自動取消了出國的計畫。而秀安，沒有再去上海。

2

二〇二〇年一月二十九日，大年初五，親朋好友之間熱熱鬧鬧你來我往、吃吃喝喝的年假，終於跟著晚餐結束告一段落。家裡回歸清靜。晚上十點，秀安的爸爸媽媽空前嚴肅地召喚她和敦謙，全家四人圍坐在餐桌旁。媽媽開宗明義開口便說：

「阿謙三月的韓國旅遊不要去了！」

「公司的福利，放棄太可惜了吧？而且現在距離那時候還有一個多月！」秀安說。

「有什麼好可惜的？這次的感覺很不對勁，恐怕傳染才剛開始。這個傳染病是會要人命的，不怕一萬只怕萬一。只要有命在，以後還怕沒有玩的機會嗎？保命、保健康比較重要！」媽媽的眼神和語氣一樣堅決。

「好——吧——」一向安分的敦謙，雖然有些無奈，但二話不說就遵命了。

「秀安莫去那邊了！」

「蛤——不去工作嗎？爸爸，您說呢？」

「妳總是意見特別多！反正莫去！」媽媽沒等爸爸開口表示意見，就迫不及待堅持她的指令。「看新聞報導有關巴西、澳洲、美國森林大火，我覺得那很遙遠；聽人家說北極冰層融化、許多物種滅絕，我還是覺得很遙遠；但這個嚴重肺炎的傳染病，我不覺得很遙遠，也不覺得與我們無關！」

「媽——我最乖了，哪有意見多？但工作畢竟是工作，可以從中獲得成就感，也是一種責任和負責的態度啊！」

雖然知道爸媽不是在召開家庭會議，而是在明確地下封鎖命令，她還是努力溝通；但媽媽意志無比堅定，沒有妥協的空間！就像爸爸說的，媽媽平日溫柔善解人意、待人和藹可親，但是碰到她認為對的事，她就像太后一樣威嚴。家人都知道媽媽是出於愛心，觀點也大多是對的；而且更重要的是，誰也沒有勇氣真的惹惱她！秀安去不成上海，成為定局。

3

在兩老下封鎖令的隔日黃昏，秀安在住家的巷口看到附近早餐店的老闆娘——鄰居們都稱呼她福州嫂——彷彿心事重重地從她前面不遠處慢慢走過來。

福州嫂來自福州，現年四十多歲，身材略顯矮胖，一張五官端正的圓臉上永遠掛滿笑容。她十八歲那年遇到去大陸旅遊的吳有成，對他一見鍾情，千里嫁到臺灣來，心甘情願每天跟著丈夫在早餐店忙得團團轉。吳有成，道地的臺灣人，比福州嫂略大五、六歲，身材高高瘦瘦，嗓門大，國字臉不笑的時候看起來好像脾氣不太好，但大家都知道有成對太太可真好。每次下午沒客人的時候，有成將鍋碗瓢盆、不鏽鋼煎鍋、湯鍋、食物調理器……一件一件刷洗得晶亮，太太在一旁慢慢抹桌子，兩人有說有笑。他們育有一兒一女，一家和樂融融。二十多年來偶爾一家四口一起前往福州探親，但總是一星期左右就回來。近幾年孩子們都長大就業了，有成讓太太返鄉過年時多住幾天陪伴父母。

秀安的爸媽經常稱讚福州嫂是孝順的女兒、賢妻良母，也是大家的好鄰居。

望著踽踽獨行的福州嫂，秀安的思緒已經繞著她轉了一大圈，才看到她終於走到跟前。秀安笑容滿面上前朗聲打招呼：「阿姨，恭喜新年好。您沒有回去福州過年嗎？」

「喔，秀安新年好。」福州嫂眼神渙散地望著她，就像還在熟睡時被喊醒一般有氣無力地說：「回去了，除夕的前幾天回去的，但是昨天就回來了。」

「怎麼這麼快就回來呢？阿姨以前的年假好像都是回去福州住下來一個月以上，不是嗎？」

「這次匆忙從福州趕回臺灣來了，因為旅行社的朋友緊急通知趕快走，免得走不了。朋友說武漢市一月二十三日進入全面封鎖，福州也會很快禁止進出。」這時福州嫂整個人焦慮了起來，說話又急又快。「朋友還說他們村莊有武漢人買的房子，在除夕的兩天前屋主一家人開車來，鄰居一看到武漢的車牌就拿水管噴車子，還報警來驅趕不讓他們留下來。大家都說怕他們帶來病毒傳染給全村！秀安，那邊情況真的很不好，大家都非常害怕！妳看，大過年的，連自己的家都不能留下來！

不知道他們被驅趕之後，去何處安身？想想也真是夠慘的！希望我兩邊的親人都永遠平安！」

秀安本來想回答些什麼，但福州嫂沒等她開口就移動腳步快速離開了。那背影讓秀安感覺她彷彿深陷在不安之中。

數日後，秀安在網路新聞上看到中國疫情大規模爆發。繼武漢封鎖之後至二月五日止，杭州、南京、福州、寧波等，逾四十座城市宣布「半封城」或「封小區」。

陶莉在二月十日打電話給秀安。她說：「全中國的製造業者都延長了春節假期，今天雖是開工日，但工廠開不了工。上海雖然看到一些回來的人潮，但大家神色匆匆，沒有人逗留在街上閒逛。新春期間，本應喜氣洋洋、熱熱鬧鬧的大街，安靜得讓人感到非常不安！辦公室附近我們經常去的餐廳都貼著『疫情期間，暫停營業。』……。」

就像看到福州嫂匆忙從福州趕回來一樣，秀安放下陶莉的電話時，心頭百味雜陳。她在上海住了整整五年，她知道那裡是一座從市井小民到國際友人都辛勤奮鬥的城市，在開工的日子街頭卻依然寂靜，讓她和陶莉一樣深感不安！

4

陶莉，對秀安來說，是好同事，好朋友，和她在一起的感覺就像與姊妹淘曼玲在一起一樣舒服自在又安心。

陶莉來自四川的山村，同事們都喊她「小辣椒」。當上海公司剛成立時，她是第一梯次被招考進來的職員，擔任秀安的助理。她比秀安小三歲，大學畢業，嬌小玲瓏的身材，五官秀麗，講起話來快人快語，思緒清晰，做起事來不拖泥帶水，不但秀安喜歡她，公司同仁也都對她讚賞有加。

陶莉的先生——阿隆，洪俊隆，秀安的老同事。阿隆祖籍彰化。父母在他年幼時雙雙離世了，並沒有留給他什麼家產。他由叔叔撫養長大，高工畢業進入五金工廠從基層做起，一路兢兢業業，認真盡責、效率高、廣受同事讚賞。

阿隆與陶莉初相遇是在一次業務會報上。時任崑山廠廠長的他，負責說明工廠的生產狀況、產能預估、出貨流程等等。阿隆身高一百六十五公分，體重大約維持在六十五公斤左右，不算帥氣，但他腰桿挺直，五官端正的臉上帶著憨厚的笑容，可靠的氣質配上充分準備的專業內容，讓業務部全體人員印象深刻，陶莉更是對他稱讚有加。

那天的業務會報後，大家餐敘，阿隆第一次認識陶莉。一向靦腆內向的他被她的活潑開朗所吸引，可說是對她一見鍾情。兩人認識之後的第二年就結婚了。阿隆在距離上海不遠的崑山買下住家定居，那裡成了他的第二故鄉。他們夫婦是老闆在大陸最得力的駐地助手。

5

春節假期已經過去大半個月了，秀安沒有像往年一樣過了元宵就依依不捨提著行囊出門。這一次她不但不能搭飛機出國門，連近處的餐敘聚會都被禁足了。

「秀安，敦謙，你們兩個聽著，從現在開始，什麼聚餐啦、同學會啦，都莫去參加！要記住喔！」

有一天晚餐時，她的媽媽突然又下了一道這樣的聖旨。

「什麼？全都不能參加嗎？」秀安問。

「媽！都不參加聚會的話，會不好意思的；而且可能會被說成膽小鬼！」敦謙說。「我們公司同事說，友情勝疫情！」

「什麼叫友情勝疫情？防疫是公眾的事，傳染病不像其他的疾病是個人的事，保護自己也等於保護朋友，你並沒有不重視友情，不是嗎？再說什麼好意思不好意思的問題，大家不是都說臺灣人素質很好，整個社會正是因為有大多數人自動自發避免有事，所以才會沒事嗎？如果有人認為減少不必要的聚會就是膽小害怕、過分謹慎，那又何必在意呢？每個人體質不同，不必逞強。不是嗎？」

媽媽說話時雖然加了徵詢的語氣，但她的眼神所展現的威嚴——不容懷疑，她是堅定不妥協的！

接著爸爸難得開了口，神情看起來是那麼專注、嚴肅、認真。他說道：「媽媽是對的。這種病毒透過飛沫傳染，大家脫下口罩在密閉空間一起吃飯、聊天是最危險的。在這種非常時期，除了必須繼續工作之外，拒絕某些聚會當然跟勇敢或膽小沒有關係，也跟友情和生活樂趣都無關。我們不去管是否有人染疫了還故意隱匿，光是想到那些在不知情的狀況下所造成的傷害，就夠麻煩了！你們想想看，如果無症狀感染者在聚會中傳染給身邊的人，不知情的被感染者在聚會結束後去搭公共交通工具時，又傳染給同車的人，然後再把病毒帶回家傳染給同屋的家人、上班再傳給同事……在一圈又一圈的連鎖接觸中傳播出去……導致相關的各單位為了找出傳染源、防止繼續擴散，必須做疫調匡列，調出連鎖的接觸者做核酸檢測、隔離、治療……，忙壞一群人！這不但浪費社會資源，而且因為感染與發病的時間落差，很多黑數查無可查，導致防疫的工作更加困難。你們想想看，萬一有一個確診者參加了一場婚宴，那結果會有多慘？能夠想像嗎？」

秀安和敦謙都點頭表示贊同。他們深知爸媽雖然書讀得不多，但都有一顆為別人著想的善良的心。好長一陣子，敦謙除了上班工作之外，都沒有參加聚餐和旅遊。此期間，他的同學生病住院手術，他也沒有去醫院慰問。他對秀安說：「突然間，感覺自己很沒有人情味。這一場疫情下來，大概都沒有朋友了！」

「不會的。真正的朋友都會諒解的。」秀安說：「君子之交淡如水，細水長流，真情常在。疫情過後，一切會恢復的。而且現代科技發達，我們還有表達關懷和友誼的方式，例如：電話、電郵、Line、Skype、簡訊，甚至也許也可以重拾手寫信。電子郵件會送達，手寫的信郵差也是會送到的。」

關於秀安爸爸想像中所擔心的連鎖的接觸者問題，後來果然發生了數不清的真實案例。印象最深刻的莫過於二〇二二年三月小朱的妹妹因為參加婚宴被傳染了新冠，以致於不能回來奔父喪；另外，他們的三樓鄰居李叔叔家，在同年四月的時候，原本兄弟姊妹約好大夥兒一起回高雄為媽媽做七十歲生日，當他們一家四口車子開到西螺休息站時，接到疫情指揮中心的簡訊通知他們全家被匡列與確診者接觸，於是就地折返台北！原來是因為讀國中的孩子學校裡有一個學生確診了，李叔叔日前參加了學校舉辦的家長會，那位確診學生家長也參加了！而報載的有關某一個確診者參加婚宴忙壞一群人的消息，那又是不同的故事了。[1]

[1] 以下資訊摘錄自新聞報導，顯示清零疫調的工作何其勞師動眾，前線工作人員萬分辛苦。

＊二〇二二年一月下旬報載，高雄市一名確診男子曾在一月十六日到臺南市參加喜宴，當天席開十幾桌，新郎與新娘被臺南衛生局要求逐一向參加婚宴的一百多位賓客告知有確診者足跡，人人都必須親自到醫院進行核酸檢測。結果每一通電話都被親友抱怨遭到波及、影響生活！除此之外，因為這對新人在喜宴上曾和確診個案有近距離接觸，必須立刻進行居家隔離，蜜月旅行及春節全都泡湯了！據臺南衛生局指出，同桌十一人主要來自雲林、高雄，晚間還匡列餐廳工作人員、宴會廳所有賓客（現場同時間還有另外兩場宴會），截至月二十一日晚間約已匡列三百人、篩檢其中一百六十人。

＊另外，二〇二二年三月十九日嘉義市新增一例本土確診個案，與二〇二二年三月十八日確診的個案曾參加同場喜宴，兩人足跡重疊日為三月十三日。為避免疫情擴散，市府與中央討論，匡列十三日參加喜宴賓客，並於三月十九開始進行居家隔離。全案匡列居家隔離一百六十四人、入住集檢所四十七人、自主健康管理一百零三人，其餘自我健康監測，連續兩天開設四處篩檢站，首日篩檢一千三百七十九人，第二天篩檢一千四百七十一人，合計二千八百五十人，結果均為陰性。由於婚宴群聚有一案例是民雄秀林國小校長，學校從三月十八日起預防性停課十天。

三、「疫」蔓漫

1

根據維基百科的紀錄，新冠肺炎最早可能於二〇一九年十月至十一月進入人類社會，並開始傳播。明確已知的首宗感染個案於二〇一九年十二月一日在中國湖北省武漢市發病。二〇二〇年一月十三日起陸續蔓延到泰國、日本及韓國等相鄰國家，至一月二十一日波及到亞洲以外的美國西雅圖。二〇二〇年二月中旬，中國大陸的疫情嚴重，同年二月底義大利、韓國與伊朗三國的確診人數急速增加。三月初，歐洲與中東各國都出現了大量個案。二〇二〇年三月十一日世衛宣布疫情已構成「全球大流行」。

因為時代交通便利，車子、輪船、飛機無遠弗至，病毒依附著人流、物流到各處旅行，攻擊著它們所到的每一片土地上的人類，疫情很快就在世界傳播擴散了。之前秀安的表兄弟姊妹口中沒事的印度、土耳其，不久之後也都成了重災區。病毒顯然不怕咖哩，神也無法不讓病毒感染信徒，印度從三月初肺炎疫情開始惡化。三月中旬臺灣到土耳其旅行團幾乎全軍覆沒，十五名團員十三人確診。

在疫情初期，讓人印象最深刻的國際報導是關於郵輪旅遊。鑽石公主號是第一艘發生重大疫情的遊輪，從二〇二〇年二月四日起在日本橫濱被隔離大約一個月。郵輪屬於擁擠、半封閉的性質，傳染的風險較高，並且迅速蔓延。截至二〇二〇年四月二十四日，已有三十多艘遊輪通報船上有冠狀病毒陽性個案。各國政府和港口皆採取應變措施，禁止遊輪停靠、並建議人們避免搭乘遊輪旅行。

過去十年來，坐豪華郵輪環遊世界，特別是對於退休族群來說，是最寫意的人生寫照；新冠病毒將搭郵輪變成高風險的旅遊，郵輪觀光產業被修理成慘業！

二〇二〇年一月二月間，因為人類對這隻病毒所知不多，對應的醫藥、醫術都還在摸索階段，致死率和重病率很高；電視媒體上充斥著世界各地疫情爆發的消息，臺灣雖然只有零星本土案例，社會也一樣充斥著不安的情緒。秀安的爸媽堅定不移不讓她去上海工作；老闆讓她暫時每天固定一段時間在視訊上與公司聯繫，用Line與客戶接洽，等方便時盡快就位上班。

經過大約半個月的實務運作，秀安發現與公司的視訊會議以及與各國客戶相關業務處理，每天只需要大約三小時左右專心工作，其他還有很多空閒時間，她索性報名線上德文和西班牙文的課程。這兩種語文她以前在大學時選修過，希望利用這段時間加強學習，可以像英文一樣說寫自如。另外她也開始和親友在線上互動。

隨著無線網路和智慧型手機的普及，不分學歷、職業、年齡、性別，不管在家或外出，低頭滑手機上網已經成為人們生活的一部分。親友之間因為疫情停止見面聚會，但每天在Line群組彼此的互動緊密熱鬧。秀安的阿姨說：「大家不能互相串門子，幸好可以賴來賴去。」

賴來賴去？秀安一開始聽不懂，後來才知道原來阿姨說的賴就是line。

在疫情剛開始時，全世界瘋狂搶購生活物資，阿姨說：「我們現在要什麼有什麼，吃的豐富，用的奢侈，家裡什麼都不缺，雖然打開電視或手機新聞，經常看到排隊搶購物資，架上被搬空的恐怖情景，但還是有點事不關己的感覺，直到昨天下午去了Costco，終於感受到自己不能置身事外。很誇張耶！架上東西幾乎全被搬光光，每個人的推車都滿載，結帳時隊伍排好長！我看姊姊和大嫂你們也要多儲備一些日常必需品。」

舅媽回應說：「由於網路消息傳播快速，又很容易被渲染誇大，難免引起恐慌反應，造成世界各地都出現瘋狂搶口罩、消毒水，囤積食物、衛生紙。最誇張的是，我家真的衛生紙斷貨兩天，幸好有廚房紙巾臨時應急！」

阿姨馬上回說：「嫂嫂，對不起，沒有早點提醒妳！其實早在年初我就聽到許多婆媽群組謠傳，由於原料都被拿去做口罩了，所以衛生紙、衛生棉、紙巾等紙類製品原料減少，即將漲價，因此引爆一波衛生紙搶購潮。但我也是不以為意。對不起！」

媽媽接龍說：「哈哈！廚房紙巾已經很高級了，記得小時候連衛生紙都沒有，後來的草紙還比現在的廚房紙巾更粗糙。話說回來，弟妹你們家孩子都在外地幫不上忙，但怎麼不告訴我，讓敦謙幫你們送去？」

舅媽說：「沒問題啦，大姊！只隔兩天，我們這裡的每一家便利商店都買得到了。其實只要大家不囤積，根本不會缺貨的。」

看到媽媽、舅媽、阿姨之間的那些對話，讓秀安笑逐顏開。以前她們可能在電話中拉開嗓門一對一聊大半天的話題，現在透過網路三方會談，她覺得很有意思！

嗯！再來看看她的姨丈和舅舅都在說些什麼呢？

她知道爸爸一向像潛水艇一樣，意見不露出水面。但姨丈和舅舅很健談。他們兩人都從年輕時代就開始在股海打滾，本來就經常互相交換訊息。他們在line上談起股票，各有一套理論——從公司營收、技術線型到產業前景，好像都很有研究的樣子，說得好不熱鬧。秀安有時候覺得他們所說的好像彼此矛盾，但他們都深信他們自己所信仰的。讓她印象最深刻的是，二〇二〇年一月至四月期間，全球金融市場因為疫情消息面而大幅動盪，特別是在三月十四日美國股市暴跌，觸發一級熔斷，全球股市跟著出現恐慌性崩盤，除了美國之外，另有十一個國家股市於一天內發生熔斷，舅舅說他在一天之內將手中持股全部殺出，一股不留；而姨丈說他看到連日狂跌便進場撿便宜。

她的媽媽說：「厲害啊！我的弟弟和妹婿！同一事件，只在兩三天的時間差，一個出清、一個大撿便宜？別高興太早啊！金錢遊戲，只要在市場一天，輸贏都是未定論。昨天聽起來很厲害的理論，今天可能完全派不上用場；今天對的，明天有可能完全被事實顛覆。」

阿姨接著說：「姊姊說的對。你們兩個大男生專說風光的時候，閉口不提吃虧的糗事更多。」

姨丈和舅舅兩人很有默契地將話題轉向地緣政治和兩岸局勢，從歷史談到時事。中美貿易戰、美蘇冷戰當然是必談的。

秀安對於大部分政治訊息不太感興趣，不過有些與臺灣有關的，她就特別多看一眼。例如：

姨丈說：「新冠肺炎疫情從中國傳出進而肆虐全球，美國約翰霍普金斯大學預測臺灣疫情可能是全球第二慘；但幸好預測失準！我們讓很多國家好羡慕！」

舅舅說：「是的，我們很幸運！」

姨丈又說：「美國總統川普今天將新冠肺炎疫情與珍珠港事件、九一一恐怖攻擊相提並論。他表示新冠肺炎是美國史上遭遇到的最嚴重襲擊，比珍珠港事件嚴重，也比世貿中心恐怖攻擊更嚴重。」

舅舅說：「中美戰略對抗，兩國政府間的對立因新冠而更加深。這陣子不但中共戰機擾臺或軍艦操演加強，美軍軍艦穿越臺海的消息也頻傳，感覺圍繞臺海的地緣政治對抗顯然日趨激烈……」

舅舅和姨丈談起政治就像談股票一樣，各有一套很有道理的論述。他們談起國際局勢和臺海兩岸問題，可以說是一搭一唱，卻又有點像各說各話。表兄弟姊妹們一直都沒有人加入討論，倒是阿姨又跳起來說：「拜託，拜託，這樣沒完沒了的疫情，再來國際局勢不穩定，加上兩岸戰爭的威脅，都是超級負面消息，讓人緊張兮兮的！當然，有可能空氣中充滿病毒，有可能飛彈不知道什麼時候會突然從天空或地上的任何角落飛來，還有颱風、地震、缺水、缺電、缺糧食！我們從出生落地開始，請問有哪一天不被這些問題勾勾纏？但一直嚷嚷，不但對事情沒有幫助，還會擾亂思緒。我可不願意自找麻煩，抱著焦慮不安度日如年！我們當然不能天真地以為壞事永遠不會發生，但日子還是該在不慌不亂中好好過，萬一碰上了，大家只好咬緊牙關勇敢面對、應變、解決！」

「是，是，老婆說的有道理。記得小時候我媽媽常說：『時到時擔當，沒米煮番薯湯。』，我完全同意不應該自投羅網被恐懼匡住。其實我們偶爾說說這些話題，主要是因為很關心，而且覺得必須了解我們自己當下的處境。我們不製造麻煩，但有麻煩找上門，我們當然有決心卯足全力去處理啊！」

「對啦！就是因為關心才要說呀。」姨丈的訊息才剛叮噹響，舅舅馬上呼應。

「大家都去參觀過古蹟淡水紅毛城，在進門不遠處即可看到九面不同國旗飄揚，分別代表三百年來管理紅毛城的國家，包括西班牙、荷蘭、明鄭、清朝、英國、日本、澳大利亞、美國、中華民國，其實那也就是臺灣歷史的縮影。」舅舅的訊息才傳出不久，姨丈就這樣呼應。

「就是說！臺灣在歷史上曾被荷蘭、西班牙、日本……統治過，如果這些國家都爭著說臺灣屬於他們，或是臺灣人民可以自由表決歸屬於他們之中的一個國家，整個世界都尬進來，不知道會造成多麼錯綜複雜的局面呢？」舅舅的訊息又叮噹響。

兩人這樣熱烈對談之後，又興致勃勃將話題轉向ＮＢＡ。他們一致盛讚美國職籃真是了不起的成功企業——球賽賣門票、賣電視轉播權，讓全世界多少球迷從學生時代到七老八十還繼續瘋迷；捧紅了無數超級籃球巨星，兼任廣告明星，在專業雜誌、電視、報紙各種媒體代言一系列球鞋、服飾、各式各樣的周邊用品，成就許多公司行號龐大的營業額，為社會創造商機和就業機會……。

這個籃球話題吸引秀安的表兄弟們偶爾加入討論，更讓舅舅和姨丈樂得將NBA的企業經營兼具娛樂和商業效益，以及巨星百折不撓的運動精神、教練如何調兵遣將、如何扭轉局勢的機智等等，都說得很有趣也很勵志。

爸爸私下對秀安說：「阿姨和媽媽真不愧是親姊妹，兩人講起話來，擇善固執的意志力同樣堅強；倒是舅舅在兩個姊姊的對比之下，顯得很溫和。」

「嗯！」她愉快地說：「爸！長輩們能夠自由自在、和平理性交換想法，我覺得他們都好棒！有時候看大家輕鬆聊家常、談八卦，或是轉傳一篇勸世文、一句話、一張貼圖、一段錄音或影片，雖然經常與其他群組的訊息來源重複，但藉此互相知道彼此都安好，我也覺得很溫馨。」

2

在親人群組裡，除了舅舅和姨丈的國際觀，媽媽、阿姨、舅媽的勵志篇與柴米油鹽的市場情報之外，表兄弟姊妹們最喜歡上傳各地旅遊風光、笑話之類的。她幾乎都有讀，只是已讀不回，但偶爾也會回饋一些評語，逗大家開心。

最讓秀安意外的是敦謙。聚會時他習慣安安靜靜地聽別人高談闊論；但是在這群組裡，他每天上傳訊息。特別是有關口罩的冷笑話，讓她想起他大手筆買口罩的事。

二〇二〇年一月二十日的黃昏，她和敦謙一起去附近商圈採買年貨，當他們回到巷口時，看到便利商店門外走廊上擺了好幾大箱的口罩。那是以前不曾見過的景象。

「妹，等我一下。」

才一眨眼間，秀安便看到哥哥雙手提了兩大串盒裝的口罩。她搶過來數數後驚呼：「十盒？五百個耶！哥，你未免太誇張了吧？買這麼多？要擺攤啊？太好笑了！哈……哈……」

敦謙向來節儉，買東西習慣限量，而且快速做出決定並不是他的作風，但這次速戰速決買了這麼多口罩，讓她不由自主地捧腹大笑，笑到彎下腰。

看妹妹笑得那麼開心，敦謙也裂著嘴笑，但他隨即慎重其事地說：「先準備著，我總覺得會用得到。現代人動不動就來個大搶購，到時候可能想買都買不到！」

哦，竟然被他料中了！一個不起眼的口罩突然竄上世界舞台，變成全世界搶購的熱門商品！

從敦謙買了五百個口罩那天算起的第三天，每天都可以在電視上、網路上，看到相關報導，不但臺灣缺口罩，全世界都很難買到！朋友們在Line群組戲說最新財富指標是口罩：儲備一盒，赤貧；二到四盒，低下階層；五到十盒，中產；十到三十盒，有錢佬；三十盒以上，富豪。

過年聚會時，敦謙送給阿姨和舅舅每家三盒口罩，他們兩家的大人小孩齊聲驚呼：「太棒了！」

舅舅說：「真是太好了！這時候收到口罩禮物，比收到韓國紅參還更感動啊！有了這三盒，整個心都安了下來。說不定還沒有用完，疫情就過去了呢！」

阿姨更是眼眶泛紅地說：「敦謙啊！謝謝你，阿姨太愛你了！我們家後知後覺，全家原本只有很久以前買的五個用完即丟的外科口罩，我一直在傷腦筋要怎麼處理才能多用幾次，現在有這三盒，就不用費神了耶！」

阿姨一再稱讚敦謙，說他在對的時間點買對了口罩，送對了口罩；還說他上傳的故事很好笑。

在秀安看來，敦謙上傳的那些小故事，其實在各群組間都廣為流傳，大家互相複製、轉傳。但阿姨看過之後，每次都興致勃勃地打電話來和媽媽一再重述。看她們開懷說說笑笑，秀安也被感染了那份快樂，因此她特別從中篩選幾則保存下來：

§　早上我們公調度組長說：「從前李師科帶口罩搶錢，現在大家帶錢搶口罩。」

組長旁邊的同事馬上接著說：「網路新聞說南韓排隊好幾公里，日本十億庫存被買光！」——哇哩咧！聽他們這麼說，原來外國也在排隊買口罩啊?!

§

今天送貨時，路過一家西藥房，看到外頭排隊排很長，大家在等著買口罩，身旁的隨車助理阿樹說：「謙哥！我奶奶也是像這樣每天戴一個口罩去排隊領兩個口罩；七天可以買兩個，她排隊時用掉一個，另一個留到下次排隊時用。我們家因為我爸有戴口罩的習慣，家裡隨時都有些庫存，我勸她別去排隊了，免得累到了。你猜，她怎麼說呢？『阿樹啊！你不知道啦，阿嬤一個人在家，很無聊呢！排隊時有很多人做伴，一起聊八卦，有人罵政府，也有人辯護，公說公有理，婆說婆有理，熱鬧滾滾，真好玩，時間很好打發呀！』」——喔！喔！原來老人家從排隊中找到了樂趣！

§

中午上洗手間時碰到同事阿偉用肥皂洗臉洗手好幾次。我說：「阿偉啊，你是防疫模範生，不但勤洗手，連臉皮都快被你磨破了耶！」他說：「謙哥，嚇死我了！你知道嗎？太誇張了！剛剛去便利商店買東西，戴著口罩的店員問我：

『有肺炎嗎？』我回答：『沒有。』他又問：『有全家得肺炎嗎？』我說：『沒有啦！你奇怪耶！怎麼這樣問呢？』店員拿下口罩大聲說：『我是在問你有全家的會員卡嗎？』靠！什麼跟什麼嗎？他竟然脫下口罩對著我說話呢！嚇死我了！趕快跑出來用肥皂洗臉沖水！」——噢！這時候，大家真的都超怕被噴到口水耶！

§

早上辦公室熱鬧烘烘，大家都在說排隊買口罩的事。會計小姐說：「我昨天下午去買口罩，好不容易排到了，我前面的老奶奶一聽『今天是白色』，就說她不買了，因為家裡已經有很多白色的，她想要幫小孫女買粉紅色的。藥局小姐笑著對我說：『對有些老人家來說，現在出來排隊是一種生活，收集口罩是一種樂趣。妳看外面那些老人家有說有笑，多開心呀！』唉！挑顏色？那表示其實家裡是夠用的。如果夠用，何不留給需要的人買？」——該怎麼說呢？如果口罩賣貴一點，不知道老人家們還要不要排隊去買？或者還是要去排隊但不買呢？

§

一早進辦公室，聽到周主任說：「我妹妹在德國讀書，她說歐洲人覺得戴口罩就像戴面具一樣奇怪；他們生病才戴口罩。幸好那裡的人們不等待一切防疫工作交給政府，民間自動發揮志工精神，共渡難關。更令人讚嘆的是柏林有臺灣年輕人集結旅德臺人網絡，若有需要可以幫忙送餐；或害怕戴口罩被歧視，可以相約出門去超市買菜；或目前市場上因囤貨情況嚴重買不到衛生紙等，都可以就近求救。妹妹說這股溫馨的力量，讓她知道她不是一人旅居國外，帶給她很大的安全感。她希望我們家人放心！」——我們臺灣人在國外發揮這樣的人情味，真是值得給很多個讚！讚！讚！

敦謙公司周主任提到歐洲人覺得重症才要戴口罩，讓秀安想到二〇二〇年三月第一波新冠疫情開始在世界各地擴散時，她與外國的客戶互相關心，彼此談到一些疫情之後當地的生活變化和防疫觀念，她才發現口罩的背後蘊含著大大的文化差異。原來在歐美地區，大多認為口罩是給病人戴的。既然生病了，就不要到處跑；所以，在疫情之前，他們都很不喜歡在公共場合看到戴口罩的人。

當時歐洲疫情最慘重的義大利，當地媒體流出一段影片顯示教堂內停滿來不及處理的棺材，景象讓人怵目驚心；但是，當時的義大利人也沒有出門就戴口罩。Sofia，一家位於米蘭的客戶公司老闆的秘書，年紀大約三十多歲的新手媽媽。Sofia在一次視訊會議結束閒聊時說：「義大利人的民族性浪漫、自由，大家覺得每年流感死亡人數更多，政府不可能強制約束人民戴口罩。我和先生輪流一周去超商採購一次，沒出門的在家照顧小孩；我們都是自己開車，不戴口罩，不搭大眾運輸工具，兩點一線，快去快回。」

差不多同一時間，一家位於英國倫敦的百年老公司，負責進口業務的Abby小姐這樣告訴秀安：「在這兒擁擠的公共交通系統中，肯戴口罩的還是極少數，也沒有人強制。我個人的想法是，多數人選擇不戴口罩，更大程度上可能與英國人希望保持鎮靜的民族性有關，也就是多數人不到萬不得已，似乎不願意表現出驚慌。英國民眾一直對疫情相對鎮靜，還有一個主要原因是迄今為止，英國絕大多數的病例都是輸入型的，從中國、意大利、鑽石公主號等疫區來的旅行者，從新加坡回來的超級傳染者。」

Abby那時候的說法，後來讓秀安聯想到，可能就是因為與希望保持鎮靜的民族性有關，英國是全世界最早開放與病毒共存的國家。早在二〇二一年七月中，英格蘭防疫限制幾乎全盤解除——社交距離被取消，公共活動不再有人數上限，絕大多數公共場所不再必須戴口罩。根據媒體報導，英國的熱鬧市區、大街小巷恢復了疫情之前繁忙景象，車水馬龍，交通堵塞，商店開門迎客，人們摩肩接踵，根本無法感知疫情的存在。她又想：「英國在全面解封之際，仍然面臨傳染性更強的變異毒株所帶來的新增病例，在看似令人不安的政策背後，想必政府也有其理性的考量？或許是疫苗的廣泛接種改變了一切？或許是新冠病毒已經不像之前那麼致命了？」

Peter，奧地利客戶公司老闆的特助。一個二十多歲的有為青年，父親是來自香港的華人，母親是奧地利人。他在二〇二〇年三月三十一日line秀安說：「奧地利終於在昨日宣布民眾必須戴上口罩才能到超市購物。我和父親都覺得政府早該規定這麼做才對。我們都知道臺灣、香港、日本，儘管尚未封城，但民眾普遍戴上口罩，讓傳染率維持較低點。但是奧地利直到三月中旬還實行著沒有理由不能戴口罩的規定，只有在有醫生證明的情況下才可以戴，違者會被罰款一百五十歐元。這個規定的歷史源自《反蒙面法》——自二〇一七年十月一日開始，在地鐵、公車、戲院，甚至是馬路上……舉凡被認定為『公共場所』之所在，沒有合法的理由就不能將臉部遮住，包含戴口罩。如果民眾生病，有需要戴口罩，一定要請醫生開立證明且隨身攜帶，否則可能會被警察開罰單。疫情爆發以來，我媽出門時戴口罩，但都在臉上用圍巾包住，以免惹來麻煩。現在終於可以不必遮遮掩掩了！我爸說：『疫情之前戴口罩犯法，疫情之後不戴口罩犯病！以前看到戴口罩的人就害怕，現在看到不戴口罩的更害怕。』」

Peter又附加說明：「奧地利是最早推出強制公民戴口罩規定的西方國家，隨後平時不習慣戴口罩的其他歐洲國家人民也都開始戴上口罩，但一般人不太喜歡白色口罩。因為以往生病的人戴的是白色口罩。」

秀安以為只要疫情不退，全世界都會慢慢習慣在公共場所戴上口罩；但不久之後，她便看到新聞報導德國萬人上街抗議，稱「戴口罩」等於納粹暴政！二〇二〇年八月一日，數萬人聚集在德國首都柏林，抗議政府實施的戴口罩等防疫措施。但同時除了政府官員，德國許多民眾對抗議者打破防疫規則感到憤怒。

同樣的反對與贊成，在美國也發生。她從美國的客戶Maria陸續收到不少相關訊息。其中兩則讓秀安印象最深刻。

Maria，二〇一九年底從服務的公司退休，時年六十歲；二〇一四年離婚，先生在不久之後成立了新家。她退休後與女兒、女婿以及兩個外孫一起住。秀安剛踏進職場便認識了Maria，兩人私交很好，除了業務之外也經常互相關心、交換日常生活感想。

二〇二〇年五月下旬的某一天，Maria給秀安的line提到她的女婿去超市購物，親眼目睹了一幕鬧劇。Maria說：「美國在疫情爆發後，也開始推廣戴口罩可以救命的觀念，很多場所規定入內必須戴口罩。那天女婿在超市門口排隊等進場，看到有一個中年黑人婦女沒有戴口罩就要進去，遭警衛要她依照牆上告示先戴上口罩；她不但不從還破口大罵髒話。警衛將她制倒在地，直到她停止謾罵，並趕出超市。女婿說：『幸好當職的警衛也是黑人，否則種族歧視又是另一個更大糾紛。美國社會太自由，也有太多不可理喻的人事物，可以預期疫災必然擴散嚴重！』」

二〇二一年六月，秀安重感冒尚未痊癒，Maria關心之餘又談到口罩的問題。她寫著：「戴不戴口罩在美國一直都沒那麼簡單，不只是防疫問題，更是政治與文化的衝突點。『口罩可以救命』的說法，對許多美國人而言根本難以接受。回想起今年一月，當時你們臺灣幾乎是零確診，但美國這裡疫情嚴峻。那時候疫苗尚未普及，人口約一千萬的大洛杉磯地區，單日新增確診破一萬例，病毒的威脅與部分美國人對口罩的抗拒程度似乎一樣高！在洛杉磯市區，反口罩團體無視防疫規定，拿著『口罩納粹』的標語闖進超市、賣場、購物中心，裸露口鼻向路人喊叫『脫下口罩』！

二〇二〇年的美國在疫情籠罩下，十一月總統大選升到最高點的黨派對立氣氛，口罩、社交距離、疫苗等防疫話題，經常也是社會人際衝突的引爆點。口罩在美國特殊的文化環境之下，呈現出個人主義和集體主義、保守派和自由派等文化面向的分歧。個體主義人士認為戴口罩是為了個人利益，是自己對自己負責的表現，但一些集體主義的美國人則是認為，應該為了社會群體的公共利益而戴。美國社會對防疫措施的意見分歧，最主要來自政治立場的不同。政治傾向保守的人士較不願意戴口罩，對口罩大多抱持負面態度。在美國南方的幾個州，戴口罩甚至被認為是對一個人公眾形象的破壞，損害了個人的尊嚴與權益。但不管其他人怎麼說，我是口罩的擁護者。

我家鄰居是東方人，一家住著一個七十多歲的老奶奶，五十歲左右的女兒、女婿，兩個十多歲的孫女和一個十歲左右的小男孫。我在前天周末清晨散步時碰到老奶奶，聽她這樣說：『二孫女三週前發高燒，第二天不能上學。因為女婿上班，女兒出差，我必須照顧二孫女。第三天小男孫被學校通知發燒，只好要他爸爸請假去接回家。同一天，大孫女傍晚六點時打電話告訴我：阿婆我發燒了！三個小孩子全病倒！接下來女婿也開始咳嗽，最後女兒出差回來了，第二天一早說：媽媽，我發燒了！妳看，我這個七十歲的老人家服務了五個染疫的晚輩！真是累喔！幸好，都沒事了！』

他們一家六口，反而年紀最大的奶奶沒染疫！我認為應該是因為那位老人家出門都有戴口罩。我們上同一教堂，整個教堂經常只有我和她兩人戴口罩。我相信戴口罩真的能夠有效阻擋病毒。」

拜讀了Maria的line，秀安回饋說：「謝謝您的詳細說明，讓我對美國人的防疫想法更加了解。我們臺灣這裡，對於戴不戴口罩沒有特別的政治或宗教信仰和自由主義的問題。大多數人不喜歡戴口罩的原因，主要是感覺呼吸比較不順暢；天氣熱的時候，戴口罩真的很悶、很不舒服。事實上，在二〇二一年五月社區感染爆發之前，政府並沒有規定我們戶外活動時必須戴口罩，我出去公園散步或是登山，也都沒有戴。但之後，防疫指揮中心規定外出都要戴口罩，我也都有戴。我們全家人都和您一樣相信戴口罩真的能夠有效阻擋病毒。大多時候，我們戴上口罩，不只是因為政府規定，而是我們認為需要保護自己。請您多多保護自己，願我們都平安度過這次疫情。」

儘管世界各國如此不同的文化，但在疫情爆發之後，口罩成為家戶必備的日常必需品，全世界大鬧口罩荒。當二〇二〇年全球瘋狂口罩大搶購時，臺灣最激勵人心的故事，就是口罩國家隊的成立，齊力促使口罩產能，從原本二〇二〇年一月的日產一八八萬片，在二〇二〇年五月達到日產二千萬片，同年年底達三千萬片。「口罩國家隊」不但解決了臺灣社會大眾的不安，還讓中央流行疫情指揮中心有能力發起口罩外交活動。同年年底，秀安為公司從臺灣送口罩給世界各地的客戶——她用國際航空郵包寄，每家公司各五百片。他們收到時都表示很感激有這樣的好朋友，及時送來他們正缺的必需品。

四、長假

1

秀安的爸媽原本在同一家工廠工作，後來工廠外移到越南，夫妻兩人都被遣散了；他們在附近的傳統市場附近租了一個小小的店面，專門賣特色水果。由於品質好，再加上夫妻倆讓人感覺誠懇、信用可靠，東西雖然比市場賣的較貴一些，但小店口碑很好，稱得上生意興隆，收入比過去兩份薪水高。她的哥哥敦謙在物流公司上班，每天開著小貨車穿梭在負責區域的大街小巷，將冷凍海鮮、肉品送到客戶家。疫情期間，因為大家避免外出，網購宅配量大增，敦謙幾乎天天加班，經常早出晚歸忙得團團轉。一家四口，只有秀安的時間是可以自由運用的。

從前的她，特別是在上海那五年，身兼業務、行政，日子一向忙碌緊張；從二〇一九年底之後的年假、特休到疫情觀望期間，她雖維持著規律的起居作息，但她讓自己身心放鬆。她每天除了保持線上工作、語言學習、對外聯絡、將家裡內外打掃乾淨之外，花最多時間在閱讀上面，還有規律運動。

難得過著愜意的慢生活，不到三個月之間，有一天她突然發現原本凹陷的雙頰，竟然摸起來像饅頭一樣飽滿有彈性！而且過去幾年經常困擾她的腰酸、背痛、手麻，不知道都在什麼時候悄悄消失了！

關於運動，她隨著天氣變化調整室內室外活動，做體操或是登山、散步，完全不事先設定計畫或行程。她經常選擇人比較少的時段，在住家附近腳程可及之處隨意走走，不管前面出現什麼，都看一看，而沒有出現的，也沒有遺憾。有時候她也用心尋找與生命相遇——某個友善打招呼的路人、公園裡一隻唱歌的小鳥、在樹幹上跳躍的松鼠、水塘裡悠游的魚兒，綠意盎然的大樹或是路旁盛開的小花、小草……都能吸引她興趣盎然的關注。在散步的過程中，她也經常思考，但並不是刻意的，而是散漫地隨興思維。

二〇二〇年三月的最後一天，午後三點，天氣晴朗。她穿上棉質白色短袖運動上衣，配上一條寬鬆的棉質淺藍色長褲、一件藍白相間的長袖排汗透氣薄外套，將披肩長髮綁成髮髻，乾淨俐落盤在頭上，再戴上一頂白色棒球帽，雙足厚底棉襪、運動鞋，精神抖擻地往住家附近的小山走去。

她踩著輕快的腳步在已經踏過數千遍的清幽小徑上，不自覺地讓思想隨著穿透樹梢的陽光閃耀著。熟悉的翠綠、熟悉的甜美空氣，她雀躍地雙足往上、往左、往右又往上，眼見休憩的涼亭就在不遠處的上方，不意腳下一滑，上身不由自主猛然往後拋！來不及想像是否會四腳朝天或是摔壞大腦，她發現自己安全降落在一雙強有力的臂膀上！臂膀的主人是一個看起來四十多歲的男士，相貌堂堂像極了敦謙最愛的知名武打明星——演中年葉問的甄子丹。

她驚魂未定地望著他說了聲謝謝，隨即低下頭揉著劇烈疼痛的腳踝。

「扭傷了嗎？要不要緊？需不需要幫忙？」他關切地問。

「沒事，沒事，謝謝您。」她舉頭對他微微一笑，忍痛朗聲說。

「那我走了——」他緩慢移動著腳步，彷彿不太放心地看著她同時再次叮嚀著：「連下了很多天雨，路還是很滑，妳走路小心點喔！」

「好，謝謝您，再見！」她微笑著對他揮手。目送著那偉岸的背影緩緩離開，但覺他的聲音很好聽，一直在她的耳際縈繞。

2

隔日，天氣依然晴朗。這一天上午與公司視訊會議九點結束後，她便提著帆布袋放進一壺水和一本厚厚的書，前往山上涼亭去閱讀。

穿透樹梢空隙望向天空，太陽明燦燦的，但涼亭四周樹木灑下濃密綠蔭，微風輕拂，感覺很舒服。她被書中情節吸引幾乎忘我。不知過了多久，耳際突然傳來似曾相似的悅耳聲音：「這位小姐，妳的腳沒問題了嗎？」

她雙眼離開書本抬頭一看，竟是昨日午後那位救她的大俠正對著她露出一臉開朗的笑容！

「嗯，沒問題，昨天回家馬上用媽媽常備的青草藥膏塗抹，晚上就好了。」她對著他露出燦爛笑容說：「昨天非常謝謝您。如果沒有您，說不定很慘，可能起不來了！」她不自覺吐了一下舌頭。

他望著她微笑，同時解下肩上背包，呼吸緩緩而平靜地在她對面的石椅上坐下來，不慌不忙地拿出毛巾擦臉，然後拿出水壺慢慢喝水。

她大方地打量他：「氣定神閑的動作，自然優雅的身姿，不輸給甄子丹的挺拔身材，頭型、髮型都很好看，黑框眼鏡很適合他的臉形，剪裁合身的淺黃色上衣和卡其色長褲，看起來非常舒適，土黃色的登山靴質感高檔……從頭到腳，高雅、文質彬彬又充滿力量……。嗯，嗯，真是沒話說的帥氣！」

她正暗自讚嘆著，忽然聽見他說：「之前連著下雨好幾天，路還是很滑，妳走路要小心點。」

「謝謝您！我會注意的。」她頷首展顏一笑，同時揚揚手上的書從容地說：「說到下雨，我們這裡才下了幾天雨，這本書的作者卻讓他創造的城市一連下了四年十一個月零兩天的雨，兩相比較之下，真是小巫見大巫耶！」

「喔！諾貝爾文學獎得主馬奎斯的作品《一百年的孤寂》！」他指著她手上的書起身說：「請借我一下。」

他一邊唸著：長長的大雨之後變乾旱……一邊前來取書。

他不急不徐地坐下來翻了翻，隨即朗誦著：天氣真的放晴了。某個星期五下午兩點鐘，世界大放光明，一輪火紅的太陽出現在空中，陽光粗得像磚粉，涼得像水，此後一連十年未下雨……

他的聲音低沉卻清晰，吐字有音樂的節奏感，聽著讓人十分愉快。她忘了字面的意思，只覺得那聲音讓人入迷，發出聲音的人充滿知性感也是讓人入迷。她一邊聽一邊盯著他，明澈的眼珠不自覺地帶著崇拜。

他將書遞還給她，很自然地提起書中的故事、作者和作者的其他作品。然後很自然地，他告訴她他姓葉，在大學教生化；她也不造作地告訴他她叫王秀安，暫時在半失業狀態之下宅在家中。

知道他是愛書的人，讀過很多她喜歡的世界文學名著，她隨口說：「我很喜歡讀小說、散文、詩歌等文學相關的書籍，特別是小說讓我廢寢忘食；但是過去五年因為太忙，幾乎未曾靜心讀過一本書。幾個月之前回家休假重返書香世界的第一個晚上，坐下來翻開書本，一開始還擔心腦袋恐怕已經認不出字了，結果，驚喜的是，竟然能夠生氣盎然毫無障礙地一頁頁讀下去，全心享受閱讀的樂趣。我覺得任何一本書都可以帶我到一個比自己住的那棟小公寓更大得多的房間；等看完這本書，開始另外一本，大房間可能會變成一棟花木扶疏的豪宅；然後再來下一本，豪宅可能變成阿布達比的皇宮……。」

他爽朗地接著說：「我喜歡科學也喜歡文學以及藝術相關的各種書籍。專心閱讀時，所有俗世的煩惱都自動退位了。在閱讀中，感覺狹隘平淡的生活變得無比寬廣、豐富又多彩；閱讀讓思考和知識延伸到自己有限的領域之外。我覺得藉由閱讀，自己可以從所處的世界轉換到某個地方，那裡就像個完全不同的世界，可能是一望無際的碧海藍天，可能是神祕的亞馬遜熱帶雨林，也可能是個寧靜幽美的大花園。」

他們都認為每一本書都蘊藏著一些知識，可以在閱讀時盡情吸取古今中外作家的智慧精華，與書中人物做朋友，與豪情壯志的俠士同行，為英雄的流血犧牲、無窮患難與創傷而落淚，甚或是紙上享盡世界美食、神遊天涯海角巍峨壯麗山河奇景……在在皆是人生快意。

兩人一個話題接一個話題交談著，不知不覺間兩個小時過去了。她看見他的雙眼發亮，知道自己的雙眼也一樣。

她大方地說：「葉教授，您知道嗎？今天跟您聊天，我超開心的。謝謝您。其實對於不太熟識的人我一向拘謹靦腆；但今天，真神奇，彷彿遇見老朋友一樣，暢所欲言、輕鬆自在地開懷大笑。今天我好像吃了開心果耶！」

「對，就是吃了開心果！」他邊說邊大笑，好像從他體內深處爆發出一股他一直壓抑著的力量般放聲大笑，笑出了眼淚。

看得出來他像是驅走了心中的憂鬱似的縱情開懷大笑，但她感覺有些不知所措。她帶著些許尷尬望著他，卻見他擦拭著眼角水珠，恢復沉穩的聲音說：「對不起，失禮了。跟妳聊天真的很愉快。我很喜歡妳侃侃而談讀小說心得的樣子，看起來是那麼專注、純真又幸福。而且妳很開朗，有朝氣，充滿正向力量，有一股深度和親和的特質，讓人不知不覺輕鬆了起來。」

「謝謝，您過獎了。」

「哪裡，我更要謝謝妳。好像好久沒有這麼安心放鬆大笑了。」

秀安有寫日記的習慣，那一夜臨睡前，她在日記上記錄下他們談過的內容，並且在末端寫了一小段附註：

與生化教授聊文學，竟然比與讀文學的同學交談更有趣！真是讓人驚豔！我喜歡像他一樣稍微年長的人，感覺彷彿有個人站在前面幫忙遮風擋雨，告訴我一切都會沒事，就算天塌下來，也會有人頂著；而他辦到了，從他讓我免於跌個四腳朝天的那一刻起，他就辦到了這一切。在假期中遇見了他，感覺真是棒！

3

一星期之後，秀安與公司業務例行的晨間視訊會議，總覺得有些落在狀況之外，內心很不踏實，心情很悶。午後意外在山上碰到葉教授，兩人展開了一場知性對談。

「教授，這場疫情讓我一直想著以前讀過的兩本書，卡謬的《瘟疫》和馬奎斯的《愛在瘟疫蔓延時》。」

「喔！我也讀過。談到今天全球大流行的新冠肺炎，喜歡文學的人最常拿來比較的就是這兩本書。」

「太好了！又可以從您那裡挖到智慧之寶！」她說著，臉上現出燦爛的光彩。

「哪裡！妳是學文學的，在妳面前我是班門弄斧。」

「教授您太客氣了。您是行家呢！」

「謝謝妳。那麼我們來聊聊心得，妳先說。」

「我以前讀《愛在瘟疫蔓延時》時，其實注意力一直被書中的愛情故事情節所吸引，並沒有特別感受到瘟疫的可怕。讀《瘟疫》時，卻深刻感受到傳染病的恐怖，親人的死亡、隔離、分散……種種痛苦。尤其是對書中關於死亡之後大體的處理，更覺怵目驚心！」

「頗有同感。《瘟疫》一書關於喪葬的描述，真是慘不忍睹！」接著葉教授便以帶著感傷的聲音朗讀：「死亡人數暴增，一開始雖然喪葬的速度很快，一切習俗慣例都削減了，但至少還有棺木，家屬可能有機會參加葬禮；但很快地，棺木不夠了，裹屍布料和公墓空間也都缺乏，最後只能一車車直接送去燃燒，一起灰飛煙滅！」他稍稍停頓後說：「另外還有一段大意是，『挖了兩個大坑，一個專供男人，另一個留給婦女；但是過沒多久，由於事實所迫，男男女女毫無區別地被拋進大坑裡！』這樣的描述，也是讓我很沉痛，久久不能忘懷。」

「教授！這兩段的場景讓我毛骨悚然！到底有多少人被拋進大坑裡？是男？是女？叫什麼名字？恐怕都沒有正確的紀錄吧？至於世俗所在意的禮儀、死亡的最後尊嚴、對死者的尊敬，乃至親情的感傷……那就別提了！」

「唉！大難當頭，無奈呀——秀安小姐！在大自然之前，人有很多時候，真的是無能為力！」

「記得今年三月中旬，有個義大利客戶說他們家附近的教堂內停滿來不及處理的棺材，由於政府禁止群眾聚集，死者親屬也沒辦法替亡者舉辦葬禮，只能草草了事。那景象比起《瘟疫》書中的狀況，我竟然認為還算不是太慘！」

「時代總是不停地在進步。」葉教授將話題帶往別的方向：「妳剛才說讀《愛在瘟疫蔓延時》比較沒有感受到瘟疫的可怕，那是因為馬奎斯在這部著作裡面並不是著重在描寫疫情。書評家說這本書是以戰火動盪的大時代為背景，巧妙地將愛情的相思之苦比喻成瘟疫的病狀；而這段無法觸碰、充滿無奈的戀情，也如同無法治癒的絕症般，永無止盡地蔓延下去。」

「這兩部作品不管是寫實或是隱喻，都令人讚嘆！」

「除了這兩部文學作品之外，一般人最常拿來比較的是，一九一八年一月至一九二〇年十二月間的西班牙流感大流行，因為到目前為止COVID-19的傳染方式幾乎是班牙流感大流行的翻版。」

「一世紀之前的傳染病？」

「是，過去的人類史上造成最多人死亡的全球流行疾病。當時數據紀錄不夠完整，根據專家的粗略推估，全球約五億人感染，五千萬人病故。」

「一九一八年全世界人口數大約十五億。等於是全球當時三分之一的人口感染了西班牙流感？而且每十個染疫者就有一個人失去生命？」

「沒錯，很慘！有人說，在那時候沒有疫苗、沒有醫藥的情況下，疫情的結束是因為死亡的人數夠多，阻斷了傳播鏈，達到群體免疫的效果。」

「教授，我擔心這次的疫情最後不知道會失去多少生命？」

「我們期待這次可以靠疫苗、藥物和人們遵守公共衛生防疫觀念終結疫情，而不是靠染疫人數或是死亡人數。」

「疫苗不知道還要等多久？聽朋友說全球首支抗生素直到一九二八年才被人類發現，第一支流感疫苗在一九四〇年代才被投入公共使用？」

「因為已經有過去數十年所累積的經驗和打造的研發平台，這次的疫苗應該可以比較快問世。針對這個新型的冠狀病毒，現在包括牛津大學在內，國際上已經有許多科學家團隊透過學界與企業合作，用全新技術，以及史無前例的速度在研發疫苗和藥物，試圖盡快打造出終結疫情的金鑰。」

「衷心期待疫苗趕快研發成功。」秀安雙手合十。

「一定會的。」

「教授！很神奇耶！經歷過這麼多天災、人禍，人類並沒有滅絕，而且百年來全球人口總數增加很多，二〇二〇年底，全球人口總數已經超過七十九億了！」

「是啊！西班牙流感造成的傷害促進了公共衛生的進步，醫學大躍進，為人類提供了疫苗、抗生素、更好的醫療設備。甚至有依據認為大流感促成了一九二〇年代的嬰兒潮。生育率再加上人類的平均壽命大大延長，人口總數必然增加。」

「根據世界人口統計，在很多貧窮落後的地區，人口增加的比文明開發的地區多更多，但那是另外的問題！當下我的疑問是，每經過一次大難，人類在各方面更加進步，當然也可能有些無法突破的吧？教授您說呢？」

「秀安小姐，我也沒有答案。倒是想要與你分享以色列歷史學家哈拉瑞在《人類大命運》一書裡面的一段話：

幾千年來，不管是中國人、印度人或是埃及人，都面臨著同樣的三大問題：饑荒、瘟疫、戰爭。這三個問題永遠都是人們的心頭大患。但是在過去幾十年間，我們竟然已經成功遏制了饑荒、瘟疫和戰爭！當然這些問題還算不上完全解決，但已經從過去『不可理解、無法控制的自然力量』轉化為『可應付的挑戰』了。我們不再需要祈求某位神祇或聖人來解救人類，而已經相當瞭解，該怎樣做就能預防饑荒、瘟疫和戰爭，而且通常都能成功。生物科技讓我們能夠打敗細菌和病毒，但同時也讓人類自己陷入前所未有的威脅。同樣的工具，在醫師手上能夠快速找出及治療新疾病，但在軍隊和恐怖份子手上，就可能變成可怕的疾病、足以毀滅世界的病原體。因此，我們或許可以說，流行病在未來要危及全人類，只有一種可能性，就是人類為了某些殘忍的意識形態，刻意製造出流行病來。

這段話真的讓我非常惶惑！特別是『刻意製造出流行病來』這幾個字，讓我渾身雞皮疙瘩！如果說今天這場新冠肺炎的全球大流行，是某些人為了某些殘忍的意識形態刻意製造出來害人的，那豈不是太可怕、太邪惡、太讓人匪夷所思了?!凡事『有果必有因』，而『究因』的困難度與複雜性，恐怕不是我們所能理解的。也不知道什麼時候才會有答案呢？全球化的時代，全世界人流、物流交流頻繁緊密，病毒於何時、何地誕生，依附著何人、何物，經由飛機或郵輪、貨船……踏上英國、美國、土耳其、印度……乃至到世界各地攻城掠地繁衍子孫，實在是無從查起。」

「病毒來自何處？儘管世人可能無知，但我相信有天知、地知，還有良知！」

「傳染病的災難，禍患全世界，慘絕人寰！溯源是個極嚴肅的大問題！」

「教授您說的這本書，我也讀過；但沒有像您讀那麼透也沒有思考那麼深入。幾年前讀的時候，這段話倒是曾經帶給我很大的安慰，讓我認為自己很幸運活在一個富足、健康、和平的時代；沒想到現在竟親身見證這場瘟疫！老天爺請幫忙！千萬不要讓我們經歷戰爭！拜託！拜託！」秀安不禁又雙手合十。

「小姐！妳真可愛！世界上問題太多了，恐怕老天爺忙不來！但還是希望萬能的神能夠聽到妳的心聲，協助人類結束災難，保佑世界和平。」

「老天爺保佑！老天爺保佑！哦，對了，以前的西班牙流感也有傳入臺灣嗎？」

「是的。西班牙流感也傳入臺灣，造成大約四萬多人死亡。當時臺灣醫療資源缺乏，在三百六十七萬人口中，只有七百三十二名受過四年西洋醫學教育的醫師。」

「蛤——臺灣現在有二千三百萬人口，還有好幾所醫學大學耶！而且到處都有醫院和診所！希望這次不至於蔓延那麼久，也不會有那麼多人失去生命。您的看法呢？」

「這個嗎？我真的不敢預測。關於疫情，我非常希望能夠整理出一個穿越古今和未來的睿智看法，但是儘管研讀了不少中外史料，每天關注各種相關的媒體報導、專家分析，卻依然一點頭緒都沒有，感覺知道的愈多，不知道的也愈多。」

「是因為現代由於經濟全球化發展，國際間人員跨國、跨區流動頻繁，貨物交流密切，病毒隨著飛機、船舶、東西南北世界各地到處跑，很難預估？」

「是啊！我不知道病毒可能在何時被帶向何方、又會產生何種變異；只有一點可以確定的是，經過這次的世紀大災難，人類的生活必然將展開不同的風貌。或許妳也聽說過，公元一三五〇年左右，一場鼠疫（黑死病）席捲歐洲，歐洲人口減少了三分之一，重創歐洲經濟。但歷史學家認為，經過鼠疫的腥風血雨，歐洲從滿目瘡痍中重生，開始向現代社會、商業經濟方向邁進，為日後西歐崛起和稱霸世界做了鋪墊。甚至有觀點認為這場鼠疫催生了當代西方文明。人類的發展史，相對而言是人類與疾病作鬥爭的進化史。二〇〇一年科技泡沫之後，科技更向前發展；挺過二〇〇八迄二〇〇九年金融海嘯之後，很多企業更茁壯；走過二〇一九年以來的新冠肺炎疫情，所帶來的衝擊之後呢？我們有理由相信，未來在衛生、醫療以及由疫情所催生的新科技，例如隨時隨地的線上教育、診療等科學範疇，將更向前不斷進步。」

「教授，您說的真好。今天您讓我增加了信心，讓我更確信經過絕望的黑暗終將出現希望的曙光，一如在黑夜之後黎明總是會到來。」

「就讓我們審慎樂觀等待吧！」

秀安在日記的末端附註：與葉教授聊過之後，感覺明天一定會比今天更好。單是這個想法，就給了我希望！

4

翌日午後，秀安一到登山口正好看到葉教授在不遠處的步道上踽踽獨行。她興奮地大聲呼喊：「葉教授，葉教授，等等我！」

他放下剛舉起的右腳，轉身對她笑著說：「小姐，慢慢走，別跌跤了！」

秀安三步併作兩步雀躍地趕上了。她顯得容光煥發，精神愉快地朗聲說：「教授，謝謝您昨天耐心跟我講很多有關疫情的話，讓我對未來又充滿希望。」

「別客氣，我喜歡跟妳講話。」他滿面笑容。「妳總是帶著純真的笑容和活潑愉悅的氣息，而且在過程中都能適時給予腦力激盪的回應，跟妳講話讓我很快樂。」

他們沿著登山步道拾級而上，不知不覺走到一個涼亭，坐下來休息。秀安打開水瓶喝了一口水，便開口說：「教授，昨天和您聊過之後，我一直在想，事實上我們看得到全世界科學家正努力研發藥物與疫苗，各國政府也都很努力想要將疫情傷害降低。」

「嗯！目前很多國家努力防堵，暫時關閉邊界、禁止外國人入境，之外還採取學校停課、禁止舉辦大型集會、關閉大部分商店、娛樂場所，希望能夠有效阻斷病毒傳播。東京奧運延期了，臺灣的媽祖遶境也延期了，這種圍堵當然能夠降低傳播機率，但恐怕還是很難做到滴水不漏。」

「我看新聞報導，全世界最早實施關閉邊界的國家竟然是北韓！北韓下令禁止外國遊客入境，是在一月二十三日，與武漢封城同一天。北韓好像還保持確診數是零？」

「北韓實際情形我們不得而知。他們對外的資訊一向比較少，隨著國門的關閉，人們對北韓的現狀只能從官方媒體釋放的訊息中去揣摩。」

「中國繼武漢之後，陸續封鎖八十個城市，是不是也是形同鎖國？」

「城市封鎖是對內的措施。對外封境關閉國門的措施是鎖國。」

「以前每逢選舉時，總是有人說『鎖國』，現在才終於真正見識了什麼叫『鎖國』！」

「武漢封城為世界各國採取類似措施創造了先例。印度政府於三月十三日宣布停發全世界簽證一個月；美國自三月十三日起的三十天內，暫停從歐洲（除英國外）到美國的所有旅行。臺灣在三月十九日起，非本國籍人士若非持有居留證或必要之商務往來證明，一律禁止進入。三月二十八日歐盟實施暫時性外部邊境禁令，此後三十天禁止外籍人士在非必要情況下進入歐盟。這些都是形同鎖國的措施。」

「教授，我覺得隨著疫情的擴散，想必陸續會有更多國家機動性採取邊境管制措施。臺灣到目前為止本土沒有多少確診案例；不過看到很多國家鎖國、封城的消息不斷，讓人很不安。」

「朋友們分享英國第四新聞台製作的9:43分鐘影片，沒有旁白，只有世界各大城市在病毒侵入前後景象，全世界好像都已經凍結了，好震撼！」

「各國紛紛鎖國，國際航班因此大亂，聽說很多在海外的臺灣留學生急著返鄉避難，歐美各地都出現搶票大爆炸，機票價格大漲。」

「相較於其他國家，目前臺灣是相對安全的。」

秀安在當天的日記末端寫了一小段附註：

葉教授講最後這句話時，那種黯然的聲音是我從來未曾聽過的，而且他的神情變得很嚴肅，彷彿正在全神思索。不知道是否因為有了某種他認為還不太適合分享的想法，正待他進一步探索？期待很快有機會再與他聊聊。

5

那天之後，秀安與葉教授又有幾次在涼亭偶遇，她的內心裡開始拿他當已經認識很久的朋友，雖然在他面前繼續稱呼他葉教授，私下喊他葉問。

他們變熟了之後，她並沒有刻意安排每一天的時間分配，但是他們彼此配合調整，總是能夠在葉問的課餘時間，利用上班日人少的時段，一起在附近登山、散步，也有幾次驅車到海邊，都是半日悠閒自在的行程。

她知道與他在一起時，不管是在山上、海邊或是公園，她沒有花心思去欣賞遼闊無邊的天空和大海，也不在意眼前迷人的一片蓊鬱翠綠，她專注於享受與他一起聊文學、談電影、講哲學。她覺得每次都讓她收穫很多，同時因為每個話題她都能自在地發表自己的看法，更讓她欣喜雀躍。

二〇二〇年十月五日，秀安在日記裡面這樣寫著：

今天與葉問一起登山，在涼亭休息時我說：「我最好的朋友曼玲從美國回來，明天就走完政府規定的防疫隔離期了，突然想到最近我們很少談到疫情這個話題呢。」

他說：「是啊，很開心有很多有趣的話題可以跟妳聊……」

「好快喲！我們已經認識超過半年了耶！」

「喔！時間過得真快！」他淡淡地一笑。

「教授，您知道的，在防疫隔離期間，我與曼玲近在咫尺卻不能相見，讓我有種『比鄰若天涯』的感覺！」

「臺灣目前的防疫政策，是希望做到滴水不漏！」他低聲說。

「一直以來我們這裡有些零星的本土感染，甚至連續幾個月的零確診紀錄。我們都能夠這樣輕鬆自如一起聊天，社會的日常與經濟活動也一切如常，學校照常上課，結婚喜宴如常舉辦，很多人照樣逛街、看電影、上餐廳吃飯、夜市趴趴走、進球場看比賽、欣賞演唱會；但是，曼玲說美國的疫情很慘！她的先生都在家裡不出門，鄰居的兒子媳婦在家上班，孫子、孫女們也都不上學，在家做線上學習。」

他說：「美國在二〇二〇年一月二十一日宣布出現第一例，到三月中旬全美就有五十個州有確診個案；到三月底就超過中國與義大利的確診數字，成為全世界疫情最嚴重的國家。」

「美國傳播的速度超快的！」

他說：「我想病毒在美國之所以傳播這麼快，應該是跟民眾不喜歡戴口罩以及總統選舉的群聚有關係。美國這一屆的總統選舉將在今年十一月三日舉行；這次的競爭空前激烈，前所未有的負面攻擊爭相出籠，讓雙方的支持者更加激情，對疫情的關注度相對的疏忽。病毒隨著沒有戴口罩的民眾忘我的群聚，傳播極快；近幾個月之間確診個案、死亡人數增加的速度十分驚人！」

「前天的新聞報導，說美國總統川普和總統夫人都在十月二日確診了！英國首相也曾經感染過，而且病情不輕！顯然病毒並沒有對富裕強國更加畏懼，也沒有給予尊貴的總統和首相更高的敬意！」

「就是說！」他說：「臺灣總確診數到二〇二〇年九月十六日累計才五百多例，而美國就要突破八十萬例了！臺灣人口兩千三百萬，美國人口大約三億三千萬，算是臺灣的十五倍好了，染疫數卻高達臺灣的一百六十倍！」

「怪不得曼玲說她認識的好幾個小留學生的媽媽，都帶著孩子回臺灣避難。」

「學生也是可以從這裡做線上學習，只是生活上需要做白天晚上的時差調整而已。」

「現代的網際網路真是方便，學習零距離，竟然可以跨國上學。」

「是啊！」

「喔！對了，曼玲說要我幫她完成一份翻譯文稿；另外，今天公司指派我做一份市場調查，所以我必須投入一些時間上網搜尋世界各地相關的市場資料，可能暫時比較沒有辦法隨時與您見面了。」

原以為葉問會像往常一樣對著我微笑，立即回應溫暖的話語；但等待卻落了空。只見他彷彿全身微微僵了一下，默默地將雙肘擱在石桌上，下巴放在交疊的十指上，看起來一副深思的樣子。幾分鐘過去了，他將目光飄向遠方，不尋常地繼續沉默著。我注視著他，不意間兩人視線交接，感覺他的雙眼充滿溫柔，讓我的內心震動了一下，但才一晃神，卻發現他眼神凝重，臉上表情複雜，彷彿失神憂鬱的樣子?!下山道別時，他說：「好好陪陪妳的朋友吧！這陣子我也比較忙。」

*原來他有聽到我說的話了！還以為他沒有在聽呢！莫非他有什麼說不出口的心事?下次我應該問問他，表達一下關心。

五、「情」漫漫

1

二〇二〇年十月之後，秀安與葉問偶爾見面，來去匆忙，不像往日那樣悠閒自在，淋漓盡致地暢談。但每次的相見依然讓她滿心歡喜，每次說再見時她就已經開始期待再相見了。她也曾幻想過等未來疫情結束後，她與他能夠像好友曼玲與源豐夫婦一樣，在假日的時候，一起到世界各國去旅遊、在高檔飯店優雅地享受美酒佳餚，或是兩人開著車，四處尋幽訪勝，開心地享受每個旅程。那是她的一個美麗的期待。她將那份期待放置在內心深處的一個角落，安分地守著自己的小乾坤，每天的作息除了延續與公司的視訊會議、聯絡各國客戶、線上語言課程、網路搜尋市場資料、規律的運動之外，大部分的時間都與曼玲在一起。她們一起工作，一起散步，一起談生活點滴。

羅曼玲，王秀安最好的朋友，從小學一年級互相認識，一路到大學畢業，共十六年同窗，數十年交情比任何表姊妹更親。她們都宣稱彼此是交心的知己，能夠擁有共同的感覺，可以感受彼此的快樂、痛苦、焦慮與不安；兩人在一起時，既舒服又隨意，即便都不說話也感覺心安。

曼玲的家與秀安家相距五分鐘步行的路程。曼玲的父親在住家附近開了一家內科診所。在左鄰右舍的口中，羅爸爸是好醫師，羅媽媽是非常好的醫師娘。羅媽媽在醫院幫忙掛號，對所有上門的患者都熱心噓寒問暖、關心病情、不厭其煩叮嚀好好休息按時吃藥。患者說羅醫師的高明醫術再加上羅媽媽的親切，每次不舒服到他們的診所就醫都好得特別快。秀安從小就看到他們家的診所每天門庭若市。

她出生在醫師家庭，獨生女，千金小姐，卻沒有一絲嬌氣。她經常前去父親的診所探班，遇見患者都會帶著親切的眼神、和藹的笑容表達關心。大家都稱讚她不但人長得漂亮，而且仁慈善良。

她大學畢業時，青梅竹馬的男友柯源豐也服完兵役，兩人在親友祝福之下結婚了。她的父親與源豐的父親是世交好友。源豐比她大兩歲。他一流大學電機系畢業，個性陽光，相貌堂堂，文質彬彬，思考邏輯清晰，而且很難得擁有深厚的文學底蘊。他們剛結婚時，源豐的父母為他們在美國購置了舒適的住家當賀禮，讓他們相攜前往定居、繼續深造。

秀安與他們在機場送別時，心裡想的和嘴上說的都是衷心的祝福：王子與公主比翼雙飛，從此過著幸福快樂的日子。

曼玲與源豐到了美國之後，進了同一家大學，各自花了兩年取得碩士學位。之後源豐進了一家電子公司，開車上下班，每天來回大約花兩小時左右。而曼玲選擇從事翻譯工作，一方面是因為興趣，一方面是因為翻譯工作可以在家裡按照自己的時間表工作，不必趕上下班。她說，每天起床、吃三餐，總是一道道非常悠閒的程序，反正沒有必要急急忙忙趕去任何地方。源豐休假的時候，他們經常四處旅遊，如果沒有出國，也會開著車到不同的州去度假。周遭的朋友們都羨慕他們如同神仙眷侶。

2

讓秀安意外的是，在她的心目中曼玲完美的人生，竟也有些許缺憾！王子公主之間，並不是從此每天都幸福快樂！

二〇一八年，他們之間開始出現了一點小小的不足，那就是他們並沒有如雙方父母所願，在完成學業之後很快就有小寶貝。檢查結果是源豐有問題。源豐的媽媽建議他們領養一個小孩，但源豐不熱衷，曼玲也不主動，於是一直擱置著。

次年十月，源豐的母親不幸在一次心臟病發意外辭世，他非常哀傷。原本就話不多的他，變得更沉默了。神仙眷侶之間，出現了一條像銀色絲線的微細裂縫。

二〇二〇年春天，美國疫情開始爆發，之後有段時間源豐在家遠距離上班，曼玲原本很開心有他在家互相陪伴，但很失望的是，他在家裡幾乎都不與她說話；然後假日到了，過去最喜歡的旅遊，也都停止了！

曼玲說，源豐在那時候被負面情緒卡住了。他在幾個月之間變了一個人，不但足不出戶，也都沒有與朋友互動；不但不主動，連被動回應都不想做。

在跟秀安訴苦時，曼玲的思緒邊緣浮現一些屬於過去的記憶，她細細將源豐迷失方寸的事情說給秀安聽——

二〇二〇年三月十一日世界衛生組織宣布新型冠狀肺炎疫情已構成「全球大流行」，三月十四日美股市暴跌，觸發一級熔斷；全球股市一面倒，除了美國之外，計有十一個國家股市於一天內發生熔斷。源豐的公司裡一個與他交情不錯的同事，一夕之間全部的積蓄和居住的房子都不夠賠，索性連命也賠進去了！

那位同事叫班（Ben），是從越南來的，當年父母賣了僅有的田產才勉強湊足了他的旅費、學費。他與源豐的年齡、學經歷都相近，很聊得來，兩家經常在假日一起尋幽訪勝、結伴旅行。有一次在海邊度假三天兩夜時，曼玲曾經聽過他們兩人之間對話。

源豐：「很多人說生活在美國很幸福，我們都遠離家鄉來這裡追逐更幸福的人生。」

Ben：「是的。無論來自哪裡？不管社會階層或出生環境如何？很多人都感受到這裡的生活確實更好。」

源豐：「所謂的美國夢，就是任何人都有可能透過自己的工作，經由勤奮、勇氣、創意、和決心邁向富裕，邁向巔峰，像上流移動。」

Ben：「每個人都有夢，渴望愛情的人在夢裡有情人終成眷屬，期待冒險的人在夢裡打仗，希望致富的人在夢裡變成富豪……。股市是我夢想的致富捷徑。我小時候窮怕了，不甘願過著平凡的日子，現在選擇跳進股海撈大錢，希望很快變富有！」

源豐：「啊？我的朋友！在這裡要圓你的富貴夢是可能的，但還是要小心才好。現在是真正秀才不出門能知天下事的時代，金融市場的神經特別敏感，國際上任何地方發生任何事情，股票市場最先反映，投入了才能真正掌握瞬息萬變的世界脈動；所以我不反對做一些投資。但股市風險很高，誰也不能保證永遠是贏家，我認為你不應該把全部的希望放在這上面。建議你只撥出部分不影響生活的資金投入。」

Ben：「這樣做太保守了！富貴險中求，不入虎穴焉得虎子？」

源豐：「阿班啊！慢慢來比較快！不要太衝，免得夢醒一場空！」

Ben：「你含著金湯匙出生，天生富貴，生活安逸，什麼都不必煩惱；但我必須靠自己尋找出路，不積極向前衝，怕失去機會。」

源豐：「機會一直都有的；但不一定，也不只是，在股海裡吧？我認為在所有的機會之前，安全永遠第一優先。」

……

……

曼玲知道源豐真心將Ben當好朋友，不厭其煩地勸他找錢不要急；但Ben也有他自己的想法，他選擇深入了虎穴。遺憾的是，他沒有得到虎子，卻在疫情的第一波浪打來時就被吞滅了！他的融資被斷頭，股市投資全部在一夕之間泡湯了！不但積蓄和房產都沒了，還負了還不起的債！他吞下整瓶安眠藥，親手將自己奮力追求的人生連根拔起！

源豐接到電話匆匆趕往醫院，雙手用力捶著Ben的胸膛，但他依然一臉安詳的模樣。他的妻子在一旁哭腫了雙眼。

「Ben！不要裝睡了，你給我起來——Ben！你這是在做什麼？這算是什麼美國夢？根本是一場噩夢！怎麼可以這樣對待自己？那當初父母何必傾盡家產讓你出來？怎麼對得起生你的父母？怎麼對得起你自己所生的兒女？你怎麼對妻子交代？Ben！你給我起來啊——Ben——」源豐聲嘶力竭。

差不多在Ben去世的同一時間，源豐公司同組十個成員中有五人染疫；其中三人幸無大礙，很快就康復了；但有一個發病數天後就過世了；有一個住院進加護病房、插管，一個月後出院，留下疲倦、喘、認知功能障礙等後遺症的嚴重困擾，因而辭去工作。另外有還有三個同事的家中有親人感染病毒後，出現心悸、疲倦、暈眩等後遺症。

源豐聽同事轉述親友因為感染新冠肺炎住醫院隔離治療，戴上氧氣面罩、指尖夾著血氧濃度計、胸口貼著心電圖貼片、手臂打點滴、再插上尿管，雖然氧氣源源不絕送進面罩，卻感覺吸不到空氣，想翻個身都困難，覺得自己很接近死亡……。

總總訊息都讓他感到恐懼。

另外，同一時間，公司另一個部門的司機，年齡大約五十歲，周末與妻子到朋友家開轟趴，總共聚集十六人一起吃飯、喝酒、唱歌、跳舞狂歡。夜深回到家後，接到了其中一個朋友打電話來說他參加派對前就知道自己新冠陽性，但因為沒出現症狀，認為不會傳染給大家，所以沒有告訴大家，但後來想想又覺得還是應該通知大家一聲。那位司機的太太說她的先生當天夜裡兩點開始覺得喉嚨痛、渾身不舒服，她送他去醫院，檢測出來是陽性。她也做了篩檢，陽性。她自己一直都沒有不舒服，但先生不到一周就因新冠死亡！而去參加了那場派對的朋友中，另外有七人隔日通報也得了新冠。那七人裡面又有三人分別連累了母親、妻子、小孩，共三人相繼受到連環感染。

源豐說，那位無症狀感染者是個超級恐怖的傳播者，公司同仁都被嚇壞了。有位同事甚至嚴厲指責他根本是殺人犯！

那個案例，因為一人對預防的疏忽，總計連累了十二人染病，一人病歿！那只是看得到的傷害，而對社會所造成的無形傷害到底有多大？我們不得而知，因為恐懼會傳染，即使免疫的人都難以倖免！

源豐的恐懼感又加深了！他說，感覺當你在人群中，你無法知道站在你身邊的人是否是感染者？你也無法想像是否有人明知已感染，卻若無其事地參加聚會，和你面對面談笑風聲！

接著，數日之後，媒體所報導的「紐約暫停」更在源豐的心頭投下一大片陰影。

二〇二〇年三月，美國最重要的議題仍是共和、民主兩黨的總統初選，疫情在三月中旬起重擊美國，紐約州更成為重災區，而其中紐約市又是紐約州當中的「震央」。紐約州長三月二十日宣布紐約州暫停（New York State on PAUSE），強調自主隔離，保持社交距離，不要群聚，除非必要營業的行業與採買食物，請民眾儘量不要出門。那時候源豐正好在紐約出差，親眼目睹了曼哈頓城中區、時代廣場前所未有的奇異景象。病毒風暴的威力，天翻地覆地改變了全球都會的心臟，原本生意盎然的喧囂、擁擠、吵雜都不見了，選舉造勢時選民盲目的熱情也都收斂了！

那種靜謐、空曠的陌生感，讓源豐毛骨悚然！他從紐約出差回家之後，每天都擔心有沒有發燒的感覺，喉嚨有點癢就害怕。他急切地避開人群，彷彿人人身上都帶著病毒，只要和某一個人近距離插肩而過都會被傳染；連曼玲他也害怕。同時他開始築起一道憤怒的屏障，免得洩漏他的軟弱和恐懼。

他變得越來越讓她覺得陌生！突然有一天，她覺得好像完全不認識他了！她不知道他過往的溫柔、貼心、理性和那些曾經讓他充滿生命力的火花，現在都跑到什麼地方去了？而且每一條解決矛盾的道路，從什麼時候開始都被他封死了？神仙眷侶之間如銀色絲線的小小裂縫，被拉扯成一道鴻溝！

有一天，曼玲剛完成手上翻譯的書本最後一頁，感覺無比輕鬆。那是個陽光強烈的下午，她走出戶外，在庭院裡仰望萬里晴空，滿園花木扶疏，讓她心情大好。她一時興起，想找源豐聊聊。她敲他工作室的門，源豐出來開門，看到她走近他時，全身僵硬了片刻，彷彿在考慮該不該拔腿就跑，最後努力裝出真的很高興看到的模樣，報以一絲微笑，但神情僵硬，眼中沒有任何笑意。瞬間，她在他的臉上看到的是一種對生活的厭倦，在他的眉宇間看到的是一種哀傷的神情。她知道她無法像以前一樣，將譯完一本書的喜悅分享給他，就如同她無法與他分享庭院裡午後陽光的燦爛。後來甚至於有時候她試圖想像住在同一屋簷下的他，目前正在做什麼？竟無法拼成一幅清晰的圖畫！

她想找出和源豐之間的疏離，究竟是從那一個時間點開始的呢？從什麼時候起，可以共處幾個小時彼此不發一語？從什麼時候開始彼此的存在就像一堵牆，即使不朝那裡望去，也能知道它立在那裡？或者是，兩人的感情轉淡，就像是水龍頭沒有關緊一樣，水一滴一滴不自覺流失，等驚覺時，不知已經流掉多少？

在夜不成眠，輾轉反側之際，曼玲想起事實上他們之間變成可怕的沉默之前，曾經有一段時間是喧擾不安的。一反往昔對她捧在手掌心、從來捨不得對她說一句重話的源豐，變得挑剔愛批評，怪她這，怪她那，在簡短的話語裡，每句話都充滿關鍵字，字字句句像子彈上膛的槍枝一樣具有威力！她不知所措，不停地反駁，聲音卻越來越小。她像小獸般被逼到牆角默默流淚，他卻像殘忍的獵人，一步也不肯放鬆，完全失了控制，把最後一絲善意也轉化成刻薄惡意。但突然之間，他不再找她麻煩，變得很安靜……很安靜。他們再也沒有爭執，每個人也做著眼前該做的事，但是兩人內心都很清楚彼此之間根本無話可說，彷彿所有的話以前都說過了一樣。

曼玲一向說她喜歡已知勝過未知，喜歡一成不變勝過變化多端；但突然間，她發現已知的日子是那麼一成不變、無趣得讓她發慌！她說她不愁吃、不愁穿，沒有小孩牽掛，與源豐之間誰也不管誰，彼此給予絕對的自由——她所擁有的就是絕對的自由，但為什麼還是覺得被困住了呢？感覺像被困在牢籠裡無法掙脫呢？她說，如果要說生活裡有什麼缺憾，她真的找到缺憾了，那就是寂寞、虛無和無足輕重！雖然有一點可以肯定的，源豐沒有外遇，但他們之間變得無話可說，彷彿時間停止了，停留在這一刻與下一刻之間，每一天和每一天之間，沒有多大差別，日子無聊地重複著，沒有什麼特別期待的東西，每天都可有可無，萬般虛無。對她來說，這樣的自由自在等同無足輕重，而寂寞兩字的發音，等同於每天早晨和黃昏時拉開窗簾、拉上窗簾時的一聲聲唰！唰！唰！

在那種日子裡，她經常連苦笑都做不到。

二〇二〇年八月，她和源豐之間冷得像冬天。她希望是冬天，但那時候還是夏天。她懷疑源豐病了，想要幫助他，但又覺得自己也需要被幫助。她從門縫裡給他塞進去一張紙條，上面寫著：「我們怎麼了？你怎麼了？再這樣下去，我會撐不下去的。我們是不是該去看醫師？」

他回給她一張紙條，上面寫著：「疫情期間，能不外出就暫時不外出。我沒有問題，只是需要時間讓腦筋想清楚一些事情。對不起，希望妳也沒事。」

源豐說他沒事，看來也像是沒事，比較像是陷進情緒低潮中。那種情況以前也曾發生過，但每次都是幾天就過去了，只有被醫師判定沒有生育能力的那次，他消沉了整整一個月。這次不一樣，已經鬧了幾個月了，他的臉上還布滿陰霾。

他的低潮也會帶給她低潮。以前每次兩人遇到低潮，源豐都主動努力讓生活恢復原狀。這次她想要由她主動讓兩人的關係再度熱情起來；但是，她想很多卻都沒有去做。她把自己困在做與不做的迷宮裡，心情愈來愈沉重。

3

數天之後，曼玲與母親在電話中互相關心，無意間聽到母親嘆了一口氣說她感覺身體不太舒服，她突然興起了回臺灣探視的念頭。遲疑數日之後，她將想法告訴源豐。他說，很好啊！妳回娘家住一陣子也好。他主動幫她辦手續、訂機票。

自他們結婚以來，這是第一次曼玲獨自回臺灣，源豐幾乎每天都會送訊息給她。一開始只是問候岳父岳母，然後慢慢聊起他心裡的一些想法。他在短期間內所寫的，遠比過去幾個月在家裡對她說的話多很多。

「或許是因為用寫的沒有面對面的壓力，也沒有因為聲音而洩漏了內心情緒的壓力吧？所以，我也用寫的回應他。感覺這樣的互動，有點像他在服兵役的時候，兩人互相寫信一樣，寄出的每封信都很用心寫，收到的每封信都讓對方充滿驚喜。」曼玲經常在秀安面前吐露過去一段連苦笑都做不到的日子，也不忘分享源豐陸續送來的訊息，以及那些訊息所帶給她的喜悅。

§ 親愛的，妳不在身邊，我在恍惚中過著，思緒茫然，無法集中到任何事上面，吃飯不香，睡得更糟，一心希望覓得能指點得救之路的標記。希望妳過得好。

§ 昨夜夢中，我們攜手漫步在一個風光明媚的異國小鎮，突然感覺鞋底裡有一粒石子，我彎腰將石子抖掉，再抬頭卻發現妳竟不見了！曼玲，曼玲……玲——玲——妳在哪裡？任我怎麼呼喊，都沒有回應！舉目望去，看不到任何人影，連一隻小動物的蹤跡都沒有！天黑了，我全身無力，我們的車也不見了！玲——玲——妳在哪裡？（我聲嘶力竭醒來，全身濕透！）

§ 聖誕節快到了，突然發現這世界上我最愛的兩個女人都離我很遠。母親已經永遠不可能再相見；而愛妻在遙遠的天邊。（非常想念！）

§ 在我年幼的生活中，媽媽一直是很明確的，她總是在孩子們的身邊從不缺席的。我們就是她的事業，很早以前她就放棄職場高位，選擇專心照顧我們，日夜不鬆懈。但我竟然快不記得她的長相了！我可以在心裡看見她，但每次我想要仔細看看，她就不見了。聲音也是！

§ 民主、權利、自由、機會、平等，美國夢的理想我們從來都不缺，但曾經有一段時間，我對現實很不滿意，每天都在憤怒中度過——母親不再回來了、Ben在意氣風發的年紀走了、看不見的病毒、眨眼即逝的世界大事、瞬息萬變的人類價值觀……，全都讓人坐立不安！歷史讓人火冒三丈；天氣讓人火冒三丈；尤其是Ben就這樣走了，更讓人火冒三丈！對於整個世界來說，Ben的人生微不足道，但是對於他的父母、妻子、兒女，他是無比的重要。不是嗎？

§

親愛的，妳知道嗎？曾經好一陣子，我失去了自信，失去了生活的目標，每天都在憤世嫉俗中醒來，而且情緒隨著陰雨天和每天的夜色深沉而越來越糟！我失去了自制，沒有計畫，只是撤退再撤退，必須藉著強大的意志力才能勉強掙扎繼續呼吸。我知道，在那樣的日子裡，對妳說了很多不該說的話，做了不該做的事。但那時候，就是控制不住自己。（現在說多少抱歉都不夠！這樣的我，提不起勇氣面對妳，甚至無法拿起電話來交談！好慚愧——）

§

親愛的，妳知道的，踏入社會開始工作之後，我一度希望自己可以成為對社會有貢獻的人，忙碌於工作，認為這是在社會上生存下去的方法，而且深信不疑。但是來了一隻威脅人類生命的病毒，我認識的人全部待在家裡，鎖在屋中等待風暴過去。我開始覺得人生在死亡之前，生、老、病、財關、情關，對很多人來說，關關難過。而我自己是人生的訪客，不想拜訪別人，也不讓別人來拜訪。然後，也不知道從哪一天開始，我們之間的對話，簡化成高度發展的符號，單靠「是」與「不是」的排列組合和語調變化，幾乎就可以傳達所有意思。（這樣子的我，一定帶給妳莫大的痛苦！抱歉……抱歉……非常抱歉……）

§

記得有一天，親愛的妳來敲我的門，我們四目相接，我在妳的眼中看到了渴望，但是我讓妳臉上所有的光采完全不見了，當你轉身離去時，我在妳的背影看到了傷痛和悽楚與孤寂。很抱歉，那時候的我雖然很自責很心痛，但是連抱歉都說不出口。在那段時日裡，我的內心焦躁不已，迫切地想做點平常不做的事，隨便什麼都好，以便證明自己依然能掌握生命，依然在做決定；但是，又覺得什麼事都做不了，好像行走於沙漠之中猛然踩進流沙坑，每天都感覺自己喘不過氣來，即使動動手腳，都怕會引爆出大量盡可能也壓抑不住的情緒，抽離感變得很重，什麼感覺都感受不到，只剩疲累與我共存。（此刻還是只能說抱歉，真的很抱歉，萬分抱歉……）

§

週日清晨，周遭一片靜謐，我靜靜思索，我擁有別人夢寐以求的一切，但是為何還是坐立難安？為什麼如此迫切地想要改變自己的生活？我的父母極盡所能保護我，讓我接受良好的教育，給我無憂的經濟後盾，又有一個相知相惜相愛的妻子相伴，我實在是沒有理由傷心難過！我告訴自己我必須振作起來。我相信我會的，只要我願意……

§

昨夜我的思緒被一陣叮叮作響的音樂打斷，於是我拿出手機接聽電話……很高興思緒被妳打斷，因為我不喜歡我的思緒飄往的方向。

§

又到了小周末，雨下了一整夜，久久未能成眠，沉默又令人厭惡的憂鬱情緒又開始蠢蠢欲動，我想驅除這種感覺，體內所有的本能都在催促我趕快做點正面積極的改變，我靜心覺察內心某些負面情緒，專注而放輕鬆地看著它，然後我將注意力集中在想妳，想妳的容顏，想著我們在一起的歲月，想著妳專注在看一本書時的樣子，想著妳在整理院子裡的花花草草時歡樂的樣子……想著，想著，我的心情便好了起來。我感受到自己在呼吸，感受到空氣在流通，感受到內心的光明和安定，感受到自己好好地活著。這種撥雲見日、雨過天青的感受，很真實、很強烈、很溫暖。（想妳，想妳，想妳，想妳，好想妳……）

§

今天開始，休假一周。前一刻，我想著好多我永遠做不到的事，然後又想到好多我能做的，接著我一遍又一遍默念著被我遺忘很久的西方祈禱文——主啊！請賜我以勇氣，去改變那可以改變的事；請賜我以安寧，去接納那不可改變的；請賜我以智慧，去區分這兩者。

§

昨日，休假的最後一天，真是個美好的日子——清晨，夜裡有仙子在我們家庭院的草地上漫舞，留下千萬顆晶瑩露珠，草地散發出一陣陣芳香，我忘了空氣中可能有病毒，享受地大口大口吸收清爽的空氣，心滿意足地對著天空大力呼吸，然後開車前往我們經常去的海邊。在那裡，放眼望去，只見一片綠海和海天相接的無邊無際，給了我寧靜、平和，安定了煩憂的心，長久以來心中翻騰的怒火熄滅了，寧靜就在心中。

§

新冠病毒並沒有擊敗我，而我卻被自己放棄了。我想，事實上，每條路都是兩條路——去程和歸途。不管正在發生什麼不好的事，每天有人誕生到這個世界上，每天有人離開這個世界，每天這個世界的大多數人繼續努力生活向前行，而我卻放任自己被負面情緒牽著走太遠了，越陷越深，甚至找不到出口！現在我已經找到被我迷失的歸途。我知道回到有愛的地方——付出愛和被愛，就能找到幸福，內心就能安定。

親愛的，很想立刻搭飛機去到妳身邊。願大家都平安。

§

源豐寫的很多話，連秀安都覺得動容。她對曼玲說：「很羨慕源豐那麼篤定說他已經找到被他迷失的歸途。希望我們也都能夠明確找到未來的去程和歸途。」

曼玲回臺灣半年了，她的媽媽說：「這裡很好，你放心回源豐身邊去吧！」她的爸爸哈哈大笑說：「大家都戴口罩阻擋新冠肺炎病毒入侵，結果不但本土疫情連連零確診，一般感冒患者也幾乎被清零了。朋友們戲稱我們的診所變成艱困行業了！以前真是想都不曾想過會有這樣的一天！不過話說回來，感冒患者變少了真是社會一件大好的事；而我和媽媽也可以悠閒過日子了！」

曼玲決定在四月中旬回美國去。秀安送她去機場時，她說：「這趟回去之後，或許與源豐商量領養一個小孩。」

「喔——，很好啊！不過，你們兩個之間有不變的真愛，不管最後怎麼決定，我都像當年你們新婚送別時一樣，衷心祝福王子與公主永遠幸福快樂。」

4

二〇二一年五月，曼玲離開臺灣大約一個月之後的某一天的午後，秀安的爸媽例外早早回家，竟然鬆口說讓她再去上海工作。她向來行動快速，隨即打電話給老闆，並且去了旅行社補辦一些出國手續，同時訂了一星期之後的機票。踏出旅行社時，她滿腦子想著要告訴葉問她即將遠赴他鄉；想著即將與他別離，幸好網路無疆界，可以找出每天彼此都方便的時段視訊。過了紅綠燈，她朝那條曾經與曼玲走過無數次的人行道走去。

那人行道寬廣筆直，長達數百公尺，兩旁花木扶疏——靠馬路的一邊是一株株黑板樹，另一邊間植著苦楝樹和水黃皮樹。黑板樹高大挺拔、綠葉茂盛亮透，水黃皮樹姿態優美、枝葉濃密，一左一右合力為行道撐出一地的濃蔭。

她記得三月陪曼玲到旅行社時，苦楝正值花盛開，樹上地上都綴滿淡紫色花朵，還有些在微風中輕飄尚未墜落塵土的粉色花朵，更顯浪漫迷人；曼玲吟誦著她很喜歡的宋王安石寫的詩句「小雨輕風落楝花，細紅如雪點平沙。」

如今相隔一個多月之後，粉紫花朵已經落盡，換上滿樹油亮的綠葉，撒落一地斑駁的綠蔭。漫步在清涼的行道上，她整個身心都輕鬆了起來。但天公不作美，原本陽光亮麗的天空突然下起雨，她下意識拔腿往公車候車亭跑，突然耳際傳來熟悉的聲音：「秀安，慢慢走，會跌倒的！」

她欣喜地停下腳步，回頭看到葉問正高舉著傘趨前為她遮雨，身上寬鬆的白色罩衫在微風中輕飄；她的內心裡升起一股強烈的感動。當她迎向他的目光時，發現他直盯著她，她含笑伸手輕拉他的衣擺。

兩人沿著路邊小徑走向不遠處的公園，朝一個可以避雨的亭子邁去。雨水拍打著他們共撐的深藍色大傘，再沿著傘面滴滴答答滑落地上。

她和曼玲來過這個公園幾次。曼玲說公園的景觀設計，不管是在視覺上、安全實用上都很棒；尤其盛讚園區裡的公廁，雖然位於很醒目的位置，但因建築的外觀、洗手台都特別設計，品味典雅，搭配周圍植栽陪襯，整體讓人感覺美觀、乾淨又有安全感。

公園只有一萬平方公尺左右，面積不大，但園區的設計與周遭現代化的辦公大樓開放空間的景觀設計很協調，在視覺上可以擴大延伸，彷彿舉目所見的空間都是公園的一部分。

園區內的林蔭廣場、休憩涼亭、香草小徑、體健設備、主題植栽……等主要設施及動線，透過現代幾何圖形流暢的設計，結合水及植物等自然資源元素，讓人感覺多元、活潑、很有特色。園內植栽除了常綠草皮之外，最醒目的是鳳凰木及阿勃勒。阿勃勒初夏滿樹金黃色花，花序隨風搖曳、花瓣隨風如雨飄落，花落後結出長棍棒狀不開裂莢果，長年高掛樹上。鳳凰木夏季色彩鮮艷的橙色花朵配合鮮綠色的羽狀複葉，開花後結出一條條長形豆莢果，長可達六十公分，成熟後呈深褐色，木質化。公園鬧中取靜，兩種綠樹的豆莢果實在風中搖曳，緩坡綠草如茵，讓人感覺自然悠閒。

那天她和曼玲在公園裡坐很久。她跟曼玲說：「想像中有一個溫馨畫面，一家三口在園區散步，一個三歲的小男孩一手抓著爸爸一手抓著媽媽，邊蹦蹦跳跳，邊發出咯咯笑聲……。」

曼玲笑著說：「哈！哈！我知道，這是妳的人生夢想的一部分。會的，妳一定會有這一天的。」

想起和曼玲那樣的對話，她不禁抬眼望向葉問，意外感覺到他的眼神中帶著沉甸甸的關切正盯著她看；但當他發現與她的視線交接時，立刻將頭轉向別處。

前次和曼玲來的時候，介於公園與鄰近辦公大樓的行道兩旁木棉花正盛開，滿樹橙紅花朵，非常壯麗，好幾個行人拿著手機興味盎然地拍攝，並為地上的落花拍特寫。那樣的氣氛，讓她感覺彷彿在日本的某個風景區旅遊，內心十分愉快。今日，木棉已是綠葉成蔭，雨中的公園裡，除了她和葉問兩人和幾隻避雨的鳥兒吱吱叫之外，放眼四周空無一人。他們走進亭子。他收起雨傘，同時摘下眼鏡默默凝視她片刻。這時候她才注意到他滿臉疲憊，在他的眼神裡看到深深的憂傷。

「太太說要帶兩個小孩去美國打疫苗。」他低著頭，聲音略帶苦澀緩緩地說：

「太太本來陪孩子在美國念書，去年九月底回來……」

太太？孩子？她的腦袋轟然一聲響，眼前一片空白，又像在攀登一道懸崖時因為看了一眼腳下遙遠的地面，而感到頭暈目眩，四肢發軟。

「二〇二〇年九月底？那不就是跟曼玲回臺灣同樣的時候嗎？所以那天他彷彿有什麼說不出口的心事？」她摘下頭上的帽子無意識地甩動，雙手止不住顫抖。

「不曾聽他說過有太太、小孩！是他刻意不說嗎？還是他把我當成一般朋友，沒有想過需要特別提起？或是他在等待適當時機才要提？但是？」她的腦袋不停嗡嗡作響。她努力讓自己的思緒不要朝壞的方向走。

喀擦！一片落葉飄來掉在她的右邊地上，她伸腳將落葉踢開、深呼吸、緩緩回頭，以平靜的語氣低聲說：「現在一堆人瘋狂搶打疫苗，等指揮中心的梯次安排等得火氣很大，美國卻能隨到隨打，聽說有人花幾萬塊特地去美國打疫苗，也有人組團包機去關島打疫苗。」

葉問點點頭表示贊同她的話，但眼神迷茫，神情凝重，彷彿正在思索一個他無法解決的難題。

兩人都低頭看著地上默默無語片刻之後，她抬起頭望著他說：「對不起，差一點忘了告訴您，我爸媽今天中午答應讓我回上海公司上班了。剛才去旅行社，劃了下周的機票。」她邊說邊努力讓嘴角上揚擠出微笑面對他，但她知道笑意完全沒有延伸到她的目光中。

他望著她，深深吸了一口氣，停了一下然後緩緩吐氣，嘴唇動了動，彷彿想要說什麼卻說不出口。他動了動身子，臉上閃過一抹奇異的神情，猶豫片刻後轉頭仰望涼亭外的蒼穹，彷彿正在全神思索，也彷彿身旁外在的一切都事不關己。

兩人又陷入一陣沉默。她的內心莫名慌亂。

她移動腳步想將剛才那片落葉踢得更遠，卻聽見他低聲幽幽地說道：「其實現在美國疫情還是很嚴重，雖然很多人打了疫苗，還是被突破感染。我不認為現在趕去美國是對的，而且我也不希望和孩子距離那麼遠。如果我一起去了回來還得隔離，工作上很難處理。我們家一向太太說了算，在疫情之下，夫妻倆處於遠距離的溝通更困難……所有事情都依她的看法，不過其實我沒有真的同意，只是辯不過她而已。每次都是這樣，我們開始辯論，然後我辯輸了，結果事情還是依照她的想法去做。我真是沒用！」

從他口中說出那些話，使她渾身發抖，不是微微顫抖，而是內心深處的陣陣抽痛！她踉蹌收回踢出去的右腳，將雙手扶在涼亭的一根石柱上。她想說些什麼話安慰他，但她張開嘴，嚥了嚥口水，就是沒有心情說出些安慰的話。

她又看見他臉上嚴肅的表情，彷彿在訴說著他有一個她無法介入的世界。他沉默的短短數秒間，她感覺彷彿永無止境，一股沉悶的重量壓在她的心頭。

「雨停了。」她用滯澀的聲音打破靜默。

「嗯。我這就去處理一些事。」他遲疑了一下，雙眼凝視著她緩緩低聲說：

「跟妳在一起聊天的時光很幸福！」

她勉強讓嘴角上揚望向他，想在他的臉上尋找一些往日的風采，卻只找到苦澀黯淡的表情。她張開嘴想要說跟他在一起聊天的時光也是讓她感覺很幸福，卻發現要說的話完全卡在她的喉嚨裡！

目送他在她面前轉身緩緩離去的背影時，她彷彿聽到一絲琴弦斷裂的聲音。她竭盡全力抑制住淚水，移動沉重的腳步，放任曾經有過的綺思幻想失去翅膀，墜落腳下潮濕的水泥步道。

再——見——

沉浸在悲慼與混亂的心情之中，她猶豫著不知該選擇走向何方，看見前方的綠燈亮著，直接往對街走去。突然一陣刺耳的喇叭聲，緊接著尖銳的剎車聲和咒罵聲——她以百米衝刺的速度衝上了安全島！閃爍著的綠燈已經換上紅燈，她竟沒有注意到！她的整顆心狂跳，頭昏腦脹，雙腿不聽使喚地顫抖著……

終於回到家了！因為不希望爸媽回家時看到她紅腫的雙眼，她抑制著放聲大哭一場的衝動，走進浴室站在蓮蓬頭下，專注地感受著溫暖的水柱噴打在皮膚上，又嘩啦啦掉落地上。

5

她不確定自己那天夜裡睡了多久，感覺好像度過了整個冬天，又彷彿睡過了黑暗與寒冷。隔日起床時想上洗手間，差點踉蹌跌倒，她本能地扶著牆壁，慢慢走向幾步之遙的衛浴設備，勉強打起精神梳洗；然後進廚房沖了一杯熱牛奶喝下充當早餐，再回到房間著手打理行囊。

她的房間浮現的臉是葉問帥氣的面容。她的耳朵聽見的是夜問如播音員般好聽的朗朗聲音。她的內心想的是：「他當然應該有太太、有小孩，沒有人可以說事情不應該是這樣的。但是，之前怎麼都沒有這樣想呢？事實上，在昨日之前，從來不曾思考過與他之間是什麼關係。是不是因為自己與他的關係還沒有發展到需要思考的程度？而所謂的與他的關係，竟然在親人，甚至於包括最好的朋友曼玲在內，都還沒有人知道自己認識這號人物之前，就這麼結束了？」

她細細搜尋記憶中兩人在一起時，曾經做過的每一件事和談過的每一句話，試著去定義這段沒有關係的關係。他們從認識到現在恰恰半年的時光，一起登山、散步、運動、談文學、聊時事，她將所讀過的最喜歡的中外書籍，幾乎都一股腦兒興沖沖地傾吐過了，也從他身上獲得很多寶貴的知識，讓她增廣了視野。她知道這一路走來，自己很開心、很充實。她知道他也是有一樣的感覺。但她真的找不到過程中，他曾經說過任何關於會有個共同的未來，或是也許將來有一天之類的明示或隱喻。她知道他對她算是有秘密，但絕對沒有謊言。她也知道自己其實沒有憤恨不平，但整個人像被掏空了一樣，渾身虛脫無力。

停下整理行囊的雙手，她走向窗邊望著天空喃喃自語：「我是不是把他理想化了，將一些想像出來的美好和感情都投射在他身上，而一廂情願自作多情？」

一陣涼風吹來，她打了一個哆嗦，有氣無力轉身坐到床沿，想著——

「如果兩人初相識時，葉問說他單身，不是因為他不想結婚，而是他一直在等有緣人。如果他說一看見我竟感覺彷彿找到自己等待了大半輩子的意中人，那是多麼幸福的事！」

「如果兩人初相識時，他告我他已經離婚了；在快樂自在的文學交流時光，我暗自以為遇到了白馬王子，直到有一天意外看到他身旁有太太和兩個小孩，那麼後來會怎樣呢？」

「如果我一開始就不顧一切，對他毫無猶豫地表現出熾烈的愛意，那他會怎樣選擇呢？」

她的心千迴百轉，揣測著各種情況，一下子滿臉笑意，但隨即神情黯淡地將自己拋到床上，雙眼瞪著天花板長吁短歎了起來。

不知過了多久，她在迷濛中看見自己坐在電視機前看著一齣收視率很高的肥皂劇，而戲裡那個女孩就是她自己！

在那個連續劇裡，故事始於二〇二〇年四月一日，女孩獨自去登山，途中無意中受到某位男士幫忙，因而互相結識。女孩對男士留下深刻好印象。之後幾次不期而遇，彼此相談甚歡。他自我介紹說太太和小孩住在美國；他和太太正在談判離婚，但是太太娘家有錢有勢為她撐腰，所以談判不太順利。女孩從第一次見面就心儀他，看他一臉愁容，不知不覺想要陪伴他。兩人相知相惜度過了一段美好時光。

時間來到二〇二一年五月初，某日午後大約三點左右，葉太太和朋友在高檔餐廳吃完午餐，本想去做頭髮，因為餐廳與美容院步行只有大約十分鐘路程，便跟朋友說她想散散步順便消化一下中午的大餐。踏出冷氣舒適的餐廳，戶外一片光明燦爛，步上大馬路旁寬廣的人行道，兩旁枝葉茂盛的行道樹奉獻了滿地斑駁綠蔭，微風輕拂，算是舒適的行道，但她才走了大約兩三分鐘，一身適合冷氣房的裝扮已經讓她前胸後背都被汗水濕透。她舉手揮去額頭汗水，意外看見丈夫和一個女孩迎面而來！他們並肩而行、有說有笑。她頓時一股熱氣湧向心頭，不由分說一個箭步上前，惡狠狠瞪了先生白眼，粗魯地甩了女孩一巴掌，厲聲說道：「狐狸精！早就聽說有個狐狸精，我原不相信！今天卻抓到了！」

她的動作之快，讓人完全措手不及。女孩一陣錯愕，脹紅著一張臉踉蹌退後幾步，顫抖著雙手將掉了一邊的眼鏡扶正，同時雙眼充滿疑問望向對方。

他頹然地對她說：「對不起，是我太太。」聲音充滿歉意。

葉太太用力將他推開，一邊伸手去拉扯女孩的頭髮，一邊罵道：「狐狸精！引誘有婦之夫的壞女人！」

……

……

噢！不是！不是！不是這樣的！

她揮舞著雙手醒來，冷汗濕透一身棉布衣裳！夢中那個華麗的婦女形象頑固地飄浮在她的面前：中年婦人，如模特兒般高䠷的身材，臉型略顯方長，鼻子高高的，眼睛大大的，眉毛畫得有些濃，有點厚的嘴唇描得鮮明有型；一頭波浪蜷曲的黑髮特意挑染了幾綹金黃，一副名設計師的墨鏡，鏡框上鑲著閃閃發亮的碎鑽，全身名牌服飾，手上提著精品店電子牆上正在廣告的LV限量經典包，名牌高跟鞋；從頭到腳精雕細琢、高貴美麗……。

噢！不是！不是！不是這樣的！

她奮力起身，走進浴室站在蓮蓬頭下。任溫熱的水從頭上直瀉而下。她集中心力在嘴裡不斷重複著一串數字。在滿室煙霧瀰漫中，夢中情境終於消失了，她也看清楚了自己。她知道自己不是個受害者，更不是有意與有婦之夫糾纏不清的角色。她知道葉問不是壞人，不是情場高手大騙子。她喜歡坦蕩蕩的謙謙君子葉問，不希望別人對他有不好的看法。她自己也不喜歡把葉問想成壞人，因為那一來就大大褻瀆了他帶給她的光輝燦爛時光，褻瀆了那些豐盛的文學交流饗宴！

眉頭漸漸舒展，她將地板上準備遠行用的衣服、用品一件件放進旅行箱。打包好了，心也安定了下來，她的嘴角浮現一絲苦笑，將失落感在內心深處埋藏。

6

晚餐時間，難得敦謙已經下班回家，趕得上一起同桌吃飯。餐桌上有他愛吃的菜，還有她喜歡的油飯和麻油雞。

媽媽沒有看到她連筷子都舉不起來，兀自以奇怪的語調說：「賣魚的阿蓮媳婦生了兒子，今天請大家吃雞酒，大家都在問什麼時候可以喝你們兄妹的喜酒？」

爸爸埋頭大口喝麻油雞湯，不小心嗆到猛烈咳嗽了起來。

媽媽唉聲嘆氣，看到秀安看她故意立即把臉轉開。秀安趨前想摟摟她對她撒嬌，她也動作迅速地扭開。

「哥，我敬老尊賢，讓你先結婚吧！」秀安故作輕鬆對著敦謙說。

「先什麼先？你們兩個都老大不小了！敦謙四十了，秀安也三十好幾了，好意思說誰老誰不老？」媽媽瞪著她，沒好氣地說著。

「不要把我們的存在視為理所當然！我們年紀一大把了，隨時都可能被閻羅王召見，死之前沒有看到你們兩個成家會很不放心的，難道以後你們兄妹一起去養老中心等死？」

「媽，沒那麼嚴重啦，不要急嗎！其實我和哥並沒有反對結婚，只是在等有緣人。再說，哥好歹也是科技大學畢業，他就像他的名字一樣敦厚謙虛；而且他勤勞、節儉，又有責任感，誰嫁給他都是福氣。我相信哥一定會遇到懂他的好老婆，爸媽一定都會活到娶媳婦抱孫子的。」

「希望是這樣！但是，不急？叫我怎能不急？我的朋友們都抱孫子了，難道你們不知道當我們在你們現在這年紀時，你們兩個已經多大了？我當然急！」媽媽唉聲嘆氣將頭低了下去。

沉默寡言的爸爸開口說話了：「記得曾經在電視劇裡看到一句話，『千里縱橫，總得有個家。』我們並不是要壓迫你們，單純就是希望你們有伴有自己的家。」

爸才說一句話，媽又激動了：「論外貌身材，你們兩個都不差，誰告訴我你們都沒有人要，打死我也不信！」

她想逗媽媽開心，故意邊發出輕輕的笑聲邊接著說：「對啊，鄰居們都說我們一家明星臉，哥哥跟爸爸像綜藝天王吳宗憲，我們母女像以前的帽子歌后鳳飛飛。」

「妳不要插嘴啦！」媽媽激昂慷慨：「大家都說恐婚症就像病毒一樣在年輕族群間大流行，難道你們都被感染了嗎？大家都這麼努力在避開新冠肺炎病毒，恐婚症的病毒也應該努力防範啊！真不懂你們到底在想什麼？」

大家沉默不語。媽媽又說：「曾經聽店裡的客人說過，臺灣自一九九〇年代後產業外移，大環境開始改變，就業人口移往低進入門檻的服務業，低薪變成常態，很多年輕人都是月光族，因此不婚、不生、不養。其實你們的收入都不成問題，而且都有不錯的儲蓄啊！也有客人說，七成不婚族是害怕重演父母的婚姻關係。難道是我們的婚姻生活那麼不堪嚇壞你們了？或是我們做錯了什麼害你們不敢結婚？」

說到後來，媽語帶哽咽，眼淚掉了下來。

秀安憂傷地凝望著媽媽，感覺她的額頭彷彿在瞬間增加了好幾條皺紋，短髮中又增加了一些灰白髮絲。她默默低頭沉思，倒是敦謙難得開口柔聲說：「媽！不要想太多，不是這樣的。」

「不是這樣？不然是怎樣？」媽的聲音又高昂了起來。

「好了，好了，他們都是懂事的好孩子，妳就別說了。」爸勸慰媽。

「你才別說了！孩子都是被你寵壞了！什麼事都放任他們自己作主！」媽睜大眼睛瞪著爸大聲說。

「妳這是在怪我？」爸爸回瞪媽媽一眼，一邊放大音量，一邊走進房間去。他的憤怒表現在碰然將門關上的舉動。

「不怪你？怪我？」媽放聲哭了起來，跟在爸爸的背後將房門踹了開來又碰然關上。

一場延長戰在兩老的私領域熱烈展開！兩兄妹望著他們的房門興嘆！

在秀安和敦謙的眼中，爸媽是一對安分守己、互相包容、互相扶持的好夫妻，典型的慈祥父母。看見他們這樣失控的爭吵，兄妹倆誰也無心繼續晚餐；兩人默默地一起將餐桌上的飯菜收到冰箱，把碗筷清洗乾淨，各自回房去了。

7

夜深了，天在下雨，令人不愉快的綿綿細雨。這場雨為今夜增添了不少悲哀的氣息。涼風透過敞開的窗戶陣陣吹拂，秀安卻仍然感覺煩悶燥熱。她望著戶外，希望找到讓她分心的事，但是回應她的是一片深沉的暗黑和雨絲掉落鄰居塑膠遮雨板的惱人劈啪聲。她內心騷動，不停交替想著爸媽的爭吵，想著葉問曾經帶給她的書香時光，想著那充滿磁力的聲音，還有那穿過樹梢照在他身上的陽光。她多麼希望與葉問在一起的那些時刻能夠停住，像是從時間走廊中切出的幾個畫面一般留住；但，突然間，某個回憶，或者該說是某個回憶的片段，跳出來攪亂了她的整個思緒。

有一些回憶，她以為她已經埋葬它們，忘卻它們了，她不去回想，也不想喚醒它們，而它們似乎在她的心中走著自己的路。這一刻，那個久遠以前的畫面竟然自動出現在她的眼前，在一個山明水秀的湖畔，她當時的男友小朱身旁女孩嬌媚的笑聲，在她的耳際迴盪。

小朱是秀安的大學同學，父母祖先世代在中部大平原務農。他在四兄妹中排行老三。兩個兄長繼承祖業從事農務，一個妹妹目前還在美國讀書。他矮矮壯壯的身材，黝黑圓圓的臉上五官端正，給人印象就是那種典型的鄉下孩子純樸的模樣。他們兩人在大學時，除了同窗情誼之外，並沒有特殊深交。

二〇一五年，秀安初到上海的某個假日午後，本想要到處走走認識新環境，但因前晚沒睡好，精神不濟，於是意興闌珊在住家附近馬路邊隨意悠晃，突然聽到很熟悉的聲音喊著王秀安——王秀安——她意外看見小朱正在前面不遠處跑過來。

他鄉遇舊識，她的精神振作了起來。那天他們輕鬆自在地敘舊了一下午，連著晚餐、飯後再繼續聊。

小朱比她早一年到上海，在一家知名的電子公司上班，住處和辦公地點正巧都與秀安的相距不遠。小朱自告奮勇當起了她的嚮導，不但每天接她上班，假日還帶她出遊、到各地嘗美食。不知不覺間，兩人成了同事們公認的情侶，她也沒有否認。

一年後，老闆對她說：「秀安！小朱看起來敦厚老實，聽說工作態度也很認真，應該是個不錯的對象。妳從大學到現在認識他已經很多年了，我來當個現成媒人，你們結婚吧？正好你們都在這邊工作，也方便彼此照顧。」

「老闆，謝謝您，不急啦！」她沒遲疑便笑著回答。

話剛說出口，她的腦海突然閃過幾個疑問：「『不急』？莫非正是『不急』兩個字，正是我和哥一再扯不上結婚列車的緣由？不急，是因為其實內心裡沒有強烈的與他一起生活的願望？或是因為篤定兩個人結婚只是早晚的事？」

她當下沒有繼續再多想，也無意收回已經說出去的話。轉眼又過了一年。

有一天她和陶莉驅車前往距離公司六十公里之外的小城去拜訪一家協力廠商，途中發現一處湖光山色秀麗的小村莊，兩人說好改天找時間專程來逛逛。那天她們與廠商的業務合作談得意外順利，提早結束了專案會談，回程時便高高興興地停下車走向小湖邊。

卸下了工作壓力，漫步在夕陽微風中，放眼望去一片青草、綠樹，還有錯落的白、黃、紅各色花朵飄著淡淡的香，身旁湖面微波蕩漾，閃耀著金光，讓她感覺猶如置身世外，身心舒暢。不意間，一串響亮嬌媚的笑聲劃破四周一片靜謐，樹上棲息的鳥兒噗噗展翅飛過水面。她轉頭看見在前方咫尺處，有一對看起起來像是熱戀中的情侶，背對著她和陶莉，那女的笑彎了腰，起身時將頭埋進男的懷裡，男的低頭吻著女的額頭……。她本想轉頭招呼陶莉該走了，不意那男的抬起頭來正好與她四目相交，兩個人都愣住了！

是小朱?!這時候要假裝沒有看見，或是裝作互不相識，都來不及了！真是個可怕時刻！

她記得當時小朱臉上的神情，實非筆墨所能形容！他張口結舌，整個人彷彿凍結在那個時空中。她知道她與小朱都想說出可以化解尷尬的話語，卻都徒勞無功。終於，她假裝稀鬆平常的語調擠出幾個字：「這裡的水中倒影真是漂亮。」隨即拉著陶莉彷彿驚弓之鳥一樣的逃離。

「朱大哥在搞什麼飛機？」陶莉邊走邊說：「為什麼是妳逃走？秀安姊姊妳修養太好了吧？還給他留面子嗎？妳太善良了，換成是我，此時此地非跟他吵個天翻地覆不可！」

她心煩意亂不知該說什麼？她只知道吵吵鬧鬧從來都不是自己的強項。

當她和陶莉走近車子時，看見另外一輛車停在旁邊，一對很優雅的六十多歲老夫妻正迎面走來。那老太太髮絲銀白、微笑中帶著平和安詳，老先生紳士帽下滿布皺紋的臉上咪咪笑，充滿柔情的眼神不時看著妻子，彷彿不論是陽光、風或是秀麗的湖光山色都無法進入他的視野。她將車鑰匙交給陶莉，自己坐到駕駛座旁默默望著車窗外那對老夫妻十指相扣緩步慢行。那背影看起來是那麼恩愛、溫馨。她望著，望著，忽然間，感覺好像剛才的震撼都被眼前的畫面掩蓋了，而人生依然充滿希望。她微閉雙眼，將肩頸靠向座椅，讓腦袋放空。

當日夜深時，小朱堅持要見她。他說：「公司同事，她的家就在山那邊，正好同一天休假，順路送她回家……」

「順路嗎？所以，你的意思是你們之間只是同事關係嗎？」

「單純只是同事。」小朱結結巴巴地說：「我喜歡妳，在大學時就很喜歡妳！只是當年膽子太小不敢向妳告白。」

「啊！有這種事？」她說：「我以前都不知道呢……嗯！我們相識都超過十年

了，今天就這樣。大家都累了，你回去休息吧。我明天一早必須做業務報告。」

聽她這麼說，小朱並沒有露出鬆了一口氣的表情，他雙肩下垂，移動沉重的步伐離去。

彷彿他們之間什麼事都沒有發生過，彼此相安無事一個月過去了。接著她飛到歐洲參展、拜訪客戶，兩人再相見又是另一個月之後。她從歐洲出差回來的那天，兩人相約晚上九點碰面，小朱遲到半小時，滿身酒味；她遞給他一瓶礦泉水，他咕嚕一口氣喝下。

這次他和以往不一樣，沒有一見面就迫不及待說想念她，也沒有問她旅途可好。他似乎一直在閃避她的目光，沉默數分鐘之後才開口，述說的全是關於那女孩對他很好，關於那女孩讓他感覺很幸福之類的話，越說越變得口齒不清語無倫次。

「你的意思是跟她在一起讓你感覺很幸福？是嗎？」她問。「那跟我呢？」

他還沒有聽到她最後的問話，便彷彿舌頭打結般說道：「嗯，她來我們公司半年了，一來就感覺特別投緣，而且她對我超好的，我越來越喜歡她，跟她在一起很開心。」

這是藉酒壯膽說真話嗎？她沒有這樣逼問小朱，但心裡這樣告訴自己。

她沒有再說什麼，努力集中注意力不讓自己接受憤怒的掌控。她本來就很會隱藏情緒，沒有哭鬧，也沒有飆罵「你不得好死！」的場面。數日之後，他們和平理性分手了。

陶莉說：「秀安姊姊長得漂亮，對人好，工作表現又出色，失去妳是朱大哥沒有福氣。」

「小朱真是豬頭！鬼迷了心竅！」曼玲在電話中先是大吼，隨後又一直安慰她：「這時候分手，總比將來結婚後才發現他劈腿好的多！妳千萬不要傷心！他不值得！」

曼玲三天兩頭與她在空中會談安慰她，她總是回應——嗯！嗯——；等網路斷了線，才發現淚水刺痛了雙眼。

六、中場「戰疫」

1

父母因為擔心他們兄妹遲遲未婚而爭吵的那一夜，秀安輾轉反側，恍惚中彷彿聽見曼玲對她說，不值得為他傷心——。她回答，嗯！嗯——

「秀安啊，妳在嗯什麼嗯？怎麼這麼燙呢？」

曼玲的聲音變成了媽媽的聲音，同時她聞到一股熟悉的媽媽的味道。她努力睜開雙眼，看見媽媽正俯身摸著她的額頭，面容凝重地呢喃著：「怎麼這麼燙?!秀安啊，傻孩子，就算被爸媽逼婚，也別用這種方式表達抗議啊！妳讓媽擔心死了！」

「媽——」

她用力撐起上半身，卻又被強烈的頭痛拋回床上。迷迷糊糊又睡著了，醒來時媽媽正用熱毛巾敷著她的額頭，滿面愁容。

「媽——」

「來，來，起來吃點東西，才有能量。」媽媽俯身用力幫她扶著坐起來。

「嗯——」

打起精神喝下一碗媽媽熬煮的蓮子粥，並做了快篩，結果顯示陰性。她篤定自己是因為這兩天心情起伏太大，不小心著涼了。但是因為她的咳嗽聲音驚動了鄰居和路人，隔日一早里長便打電話來表達關切，要她去醫院做了核酸篩檢。結果報告出來顯示陰性。

過了三天，最不舒服的時間過去了，但是就像多年來每次風寒感冒一樣，惱人的咳嗽依然緊咬著她不放，整整兩個月，夜深入睡前依然狂咳。媽媽每天幫她燉雞湯、煮魚湯；爸爸天天一早就從店裡提回好幾樣水果；而敦謙下班時總是不忘帶回幾道知名的小吃，說是讓大家吃宵夜。

那段時間，正是本土疫情開始爆發的期間，人人都像驚弓之鳥，聽到咳嗽聲、打噴嚏聲，無不覺得萬分恐怖。秀安幾乎天天被路人甲、路人乙舉報疑似案例。她前後去了五次醫院做核酸篩檢，報告出來都是陰性。

「秀安啊，身體健康最重要。當初就是擔心妳光是感冒就是不得了的大事，才會拚命阻擋妳出去。萬一在那邊怎麼了，只怕有命去沒命回來。出門在外，一切由不得妳。孩子的身心健康平安，是天下父母最希望的啊！」媽媽的眼神中溢滿關愛。

「我知道爸媽的愛心，也知道自己的體質，我會注意的，媽別擔心。」她給了媽媽一個安慰的微笑，外加一個大大的擁抱。

2

二〇二一年五月，臺灣首度爆發社區感染，從之前的＋〇到零星案例，突然增加到每日數百例，整個社會都緊張了起來。以前戶外活動、登山時不戴口罩的人，瞬間全都變成了蒙面人。人們自動維持社交距離、拒絕群聚。一時之間，臺灣從被世界譽為疫情期間生活最正常的平行時空，拉回現實——進入三級警戒，軟性封城；就像很多外國城市一樣，某些校園停課、商家停業……。雙北首長呼籲，沒事不要出門，市民便自動封城；親友之間最流行的話是，出門前想想你的家人，能不出門就不出門。

五月十六日的網路新聞標題：空拍萬華，西園路空蕩蕩！三級警戒之後的第一個周末，全臺灣最具代表性的熱鬧地區——臺北東區信義商圈、中正區及西門町商圈周邊平時熙來攘往的步道，都空蕩蕩，宛如一座空城！連接轉運站的購物中心，一樓完全看不到閒逛的人！假日總是大塞車紫爆的國道五號，終於暢行無阻！更別提餐廳、電影院、百貨公司都門可羅雀。

六月，敦謙服務的物流公司有兩位同事確診了，他也被要求去醫院做了核酸篩檢，報告出來，陰性。

七月，附近的傳統市場紛紛有攤商確診了，秀安的爸爸媽媽也被通知去醫院做了兩次核酸篩檢，報告出來也都是陰性。

二〇二一年的五月、六月、七月，秀安一家人在有驚無險中，每天情緒緊張地度過了。

3

一場重感冒讓秀安取消了二〇二一年五月中旬前往上海上班的行程。六月中旬的某一天，因為工廠出了狀況，平常晨間八點的公司業務部的視訊會議，臨時提前在六點召開。會議結束下線後，秀安回房間睡回鍋覺，醒來已經是午後十二點多。她從冰箱裡拿了一片吐司麵包烤了當午餐，突然發現在家將近二十個月以來，這樣胡亂打發一餐，對她來說可以算是第一次。同時第一次她的內心升起辭職的念頭。那天下午散步的時候，她認真思考。她認為老闆對她很信賴，給的待遇很優渥，但她不能正常上班，對公司來說是一種不足，讓她感覺愧疚。她打定主意正式辭職。回家之後，便拿起電話與老闆溝通。七月，她結束了遠距離兼差工作的狀態，正式開始成了待業中的一個成員。

八月，本土疫情看起來是穩下來了；但是其他很多國家，如法國、西班牙，陸續新的一波疫情又起。歐洲地區的確診病例持續上升的速度超過了其他地區的下降速度；全球新增病例和死亡人數再創新高，顯示大家所期待的疫情結束，還有很長一段距離。秀安的爸媽依然擔心她的體質，吩咐她不急著出去工作。

就在父親節的前一天早上，上完線上德文課程之後，她覺得左邊臉頰很癢。那種癢以前也曾經發生過，擦了一種在附近百貨公司買的滋養面霜，幾天就好了。她立即外出，因為那天本來就預備要去拿已經訂好的父親節禮物。

早上十一點剛過，商圈人煙稀少，她先上二樓男性用品部，整個樓層放眼望去，只有她一個客人。她快手快腳不到五分鐘便已經拿到了預訂的一件夾克，隨即下來一樓的化妝品櫃台，整個樓層放眼望去也是只有她一個客人。櫃台小姐很快遞給她指定的面霜，同時很熱心說要幫她修眉毛、化妝，讓她變成大美人，但她回說：「謝謝，今天有事，改天再來。」

當她轉身離開的時候，聽到一聲響亮的噴嚏聲，正是從她剛剛離開的那個化妝品專櫃傳來的。那兒當時有三個櫃姐在場，她不確定噴嚏聲是不是來自幫她服務的那位小姐。她加快腳步往最近的出口走去。

百貨公裡面冷氣冷得像冬天，踏出玻璃大門，但見艷陽高照，廣場上只有前方不遠處有一位大叔坐在石椅上滑手機，還有稀稀疏疏幾個路人匆忙趕路。她從皮包裡取出隨身攜帶的酒精噴灑雙手，突然間，她一連打了三次噴嚏，驚動了那位滑手機的大叔從椅子上站起來快步走開。看到他那慌慌張張差點踉蹌跌倒的樣子，讓她覺得很好笑也有些悲哀。

一回到家，她立即先將口罩丟進垃圾桶，將剛從百貨公司買回來的面霜和夾克放在陽台通風處，接著走進浴室從頭清洗到腳，穿上全套乾淨的居家服；又將換下來的衣物全都洗乾淨晾好了，才開始準備午餐。

第三天下午，她的手機出現一則實聯制簡訊，通知她在百貨公司與確診者足跡重疊，被匡列自主健康管理。

「不會吧？總共走了兩個樓層，實際接觸兩個人，買了兩件東西，從進去到出來前後不超過二十分鐘，而且舉目所見所有的專櫃小姐都有戴口罩，我自己不但戴了口罩、護目鏡，而且很謹慎避開與櫃姐們面對面交談……。」

不會的！不會有事的！她越想越篤定自己不會因為這個短暫的足跡重疊而中獎。但畢竟是進去了密閉空間，誰也無法保證完全不被病毒攀附。為了保護家人，為了以防萬一成為社會防疫的破口，不管防疫規定如何滾動，她自我從嚴要求，足足兩周小心翼翼與家人保持距離，乖乖待在家裡沒有外出。另外，她還主動前後做了兩次核酸檢測，都顯示陰性，才將整件事放下。

這期間，一個對她很好的大學老師過世了。那是位多年來她隨時諮詢請益的心靈導師；而她缺席了追思會，因為她認為避免成為防疫破口是在關鍵當下必須實踐的社會責任。雖然這樣想，沒有親自前去做最後的告別，她依然深深遺憾。她將老師的恩情，永遠存放在內心裡。

4

因為意外被居家隔離的插曲來攪局，秀安待業將近一個月了，仍然沒有著手找工作。她開始經常覺得好像一夜沒有闔眼，卻又好像睡了很久。她變得抽離感很重，對很多事情都覺得無能為力，對人漠不關心，疏於與朋友聯絡，忘記回電話，懶於回電郵，Line已讀不回，遠遠看見了熟人也視若無睹。她的心情很沮喪，思緒茫然，無法集中到任何事上面；同時她不在乎將無精打采表現在日常行為上。

她常在午後拉上窗簾，將陽光擋在窗外，鎖住一屋子的清靜，彷彿內心也得到一片寧靜；但一坐到書桌前，她就開始思潮起伏，一向最喜歡的書也看不下去；於是轉移到客廳，乾坐在電視機前的沙發上，盯著隨時爆出罐頭笑聲的搞笑綜藝節目，看著老掉牙的電視影集重播，或是一邊看著灑狗血的連續劇，一邊對著電視機罵編劇把觀眾當呆瓜……。

在恍惚中消磨著一天又一天的時間，她的腦袋並沒有忘記告訴她這麼過生活是不智的、錯誤的。她知道自己就像多數人一樣，受限於自身的愚昧與膽小，路走錯了照常走下去，她對自己不滿意，希望改變，但是並沒有使盡全力奮鬥。

八月底的某一天，一股強烈的慾望要她讓自己從不喜歡的生活模式中釋放出來，她努力打起精神，穿上運動裝往山邊走去。

那是個陽光強烈的午後三點左右，她瞇起眼睛仰望萬里晴空，感覺似乎已經很久沒有這樣站在陽光下。在熟悉的登山步道，她舉步維艱地一步一步往上攀登，距離涼亭還有一大半路程，就累得必須停下來休息喘氣。我怎麼了？一直以來都像走平地一樣走跳，跑上跑下不亦樂乎，怎麼這一刻變得這麼虛弱？往日的體力到底跑哪裡去了？健康出了問題嗎？

她用力搖頭將負面想法趕走，略做休息之後繼續往上登。每跨出一步她都想放棄！好不容易休憩涼亭就在眼前，一片樹葉飄下，正好落在她的肩膀上，她揮手拍掉它，葉片在她面前轉了兩圈才停住；她在身旁的長椅上坐下來，下意識伸手往背包摸索。

唉！忘了帶書！她輕聲嘆氣舉頭四望，但見四周除了她之外，只有一對年輕情侶。看著他們在前方不遠處手牽著手慢慢攀登，她的人生跑馬燈在眼前飛掠而過，內心深處一些動人的畫面、情節、歡笑與淚水……，生命的真實片段輕扣她的心門。

她甩甩頭不願多想，卻固執地想起小朱；想起自己選擇離開他；想起分手也許就是這麼一回事吧？

「或許人與人之間的關係，往往不是因為某種具體的原因而斷絕？或者說，即使表面上有某種原因，其實是因為彼此的心已經不在一起了，事後才牽強地找些藉口？又或者可以說，從那個被當作藉口的事件上面，便可以看出彼此不同心？或許，如果當年在湖畔與小朱大鬧一場、在那女孩臉上賞巴掌、扯她的頭髮把她嚇跑，或是後來在小朱面前上演一哭二鬧三上吊的招數，自己有可能和小朱成了家、養兒育女？那當然是另外一種生活。可是這樣的人生更美好嗎？噢！算了！小朱是善良的，但是並不保證能始終如一。再說，沒有機會見證的事情，一切只能算是純屬主觀的臆測，繼續在那上面縈繞，豈不是太無聊?!」

她知道就算人生真的有機會再重來一次，讓她回到過去她想回去的一天去改變命運，這時候她還真想不出來應該選擇哪一天呢！不過，她很清楚她並不渴望回去改變與小朱的關係。她用力將無緣的小朱完全從腦海裡除去，讓思緒轉向有關疫情的種種現象——遠從國際上的大搶購、鎖國封城大隔離、產業變慘業，繞回到代表臺灣民俗信仰的大甲鎮瀾宮一年一度媽祖遶境進香活動延期、周邊商圈人潮不再、鬧區黃金店面一排空蕩、疫苗恐慌……，以前不曾好好思索的，現在都在她的腦海一幕一幕上演。

5

十九世紀末二十世紀初，世界各國間的經濟、文化互相連結日益緊密，「全球化」成為一個經濟、文化進步的現代概念；但一世紀之後一場澈底「全球化」的疫情讓全世界不安……當她正想著這些時，葉問的形象竄進她的腦海！

突然間，她萬分想念葉問！她想聽聽他告訴她「全球化」的過去、現在與未來。另外，因為臺灣社會沸沸揚揚地吵著疫苗問題，她也很想聽聽他對這個影響全球人類深遠的「新冠疫苗」有什麼新的看法。對她來說，葉問就像一部活的萬用字典，什麼問題找他都可以得到解答。

但是，已經三個月過去了，她與葉問兩人再也沒有不期而遇，她不找他，他也以為她去了上海。她放棄對他存有任何幻想和倚賴，開始用她自己的思維和資訊去看所有的事情。

有關「新冠疫苗」這件事，根據各種媒體的相關報導，自二〇一九年底新冠肺炎爆發以來，世界各國爭相致力疫苗研發，政府挹注大把資金鼓勵企業投入。專家的說法是，無論新藥或疫苗，一般從開始研發到上市推廣，通常要花上七至十年，但在疫情的籠罩下，基於過去長期累積的既有的研究基礎，各國適度放寬了這次新冠肺炎疫苗的研發時程。莫德納、輝瑞、英國藥廠阿斯特捷利康（AstraZeneca）與牛津大學合作的AZ疫苗，是西方研發最快COVID-19疫苗。二〇二〇年十二月八日，一位九十歲的英國婦人，成為全球接種新冠肺炎疫苗的第一人，很多國家在二〇二〇年底就開始讓民眾施打疫苗。疫苗問世，臺灣卻面臨採購困境，感謝日本、美國的及時奧援，感恩民間單位鼎力相助……那都是一步步發生的事。

在二〇二一年五月之前，臺灣因為相對疫情不嚴重，再加上很多人對匆匆上路的疫苗安全性存有疑慮，導致民眾對疫苗施打意願不高；但是二〇二一年五月本土個案達數百例之後，一夕之間施打疫苗成為眾人追逐的目標，民眾每天最關心的話題，除了每日確診人數和死亡人數之外，幾乎全面聚焦在疫苗上面。面對不斷上升的疫情，全世界各國都在搶購疫苗。跨國疫苗採購是一種商業行為，但不可能完全不牽扯政治。在供不應求的情況下，臺灣因政治處境特殊，疫苗搶購的國際攻防戰相對弱勢，無法及時滿足社會上對疫苗的需求，人們對疫情的恐慌變成疫苗恐慌。

對於公眾事務，她一向認為百家爭鳴才是多元社會的常態，儘管人人對事情的視角可能分歧，但不同的想法和看法互相激盪，才可以避免瞎子摸象，推著社會更進步。可是，這時候，每一個人都是生平第一次面對人類命運共同體的大災難，很多人內心惶惶不安急如熱鍋上的螞蟻，為何有些人不但不出言安撫，還散播謠言在鍋底加油？當社會正值慌亂時，為何有些讓人心更加不得安寧的煽動言論，被努力傳播著呢？這樣真的可以讓社會進步嗎？傳播的人是有意？無意？明知？無知？她前所未有的思忖著，所謂的「言論自由」，是否可能有個「尺度」的規範？

這個世界真是無奇不有，在臺灣人為了搶打疫苗而吵翻天之際，加拿大反疫苗示威癱瘓了溫哥華，法國數十萬人上街頭反疫苗政策。法國政府要求進入咖啡店等公共場所和搭火車時，須出示健康通行證等免疫證明，有些拒絕接種COVID-19疫苗的法國人，寧願花錢在網路購買假通行證，也不願接種公費疫苗。歐美、日本等國家，疫苗量充足，但也遇到瓶頸，就是有些民眾不願意接種疫苗，他們認為這是公民自由，政府不該干涉，有的人則是擔心副作用。最特別的是，北韓官方警告人民疫苗的副作用，督促大家嚴格做好戴口罩，消毒，保持社交距離等防護措施。她從新聞報導得知，截至當日為止，全世界只有北韓和東非的厄利垂亞，這兩個國家沒有讓人民打疫苗。

「病毒讓人恐懼，預防病毒的疫苗竟也一樣不是讓所有人信賴與愛戴。人們常談論的『人心』，真的很奇妙！不知道『人心』的本質是什麼？來自何方？歸向何處？起心動念時，什麼擺中間？」

她反思：「自己宅在家裡經濟不予匱乏，父母兄長也沒有責難；但很多貧困的人可能必須煩惱下一餐在哪裡？工作哪得挑？至於大老闆們所面臨的困境，又豈是一般市井小民所能想像？根據美國統計，那些因為疫情而暫停營業的商家，有四成最後永久消失再也沒有回來！再說與戰爭烽火之下流離失所的難民相比，與全世界因為疫情所帶來的死亡，和重症之後生不如死這些事相比，自己所經歷的一切痛苦煩惱——男友移情別戀、心目中的白馬王子原來不是自由身、工作不如意、健康出了問題、生活上不能隨心所欲……這些可以說都是微不足道的！」

接著她自問：「自己是否人生觀和價值觀都會徹底重新省思呢？是否可能從此

放下怨與恨，變得豁達、灑脫、慷慨、慈善、博愛？或許更重要的是，今後是否能樂觀地接受身體的小缺陷，讓體能翻轉，讓自己變強？是否能坦然接受生命中的不完美，變得更隨和、自在？」

她不停地思索和自問自答，彷彿看穿了過去、現在與未來；有幾分鐘時間，她真的忘卻了不久之前數不清的心煩意亂、徬徨糾結。

不知不覺間，太陽已經西沉。在斑駁的夕陽餘暉中，她緩步下山，感覺雙腿比上山時輕鬆了。

七、結束與開始

1

隔日，她開始找工作，在yes123求職網站掛了履歷表。可能是因為過去的職場經歷，很快她就陸續接獲幾家進出口貿易公司的通知。但她去約談面試之後，都主動放棄。主要原因是她希望在疫情結束之前，工作地點不要離家太遠；同時她很在意那些公司所在地與住家之間的交通動線；另外，她對那家公司的辦公室空間、空氣流通、衛生條件和廁所設備都很挑剔。

在挑三揀四中，很快幾個月溜走了。她開始陷入內心深處雀躍欲試卻又退縮無助的矛盾中；前所未有的灰心和倦怠感籠罩著她的身心。她的生活出現空前的徬徨、停滯狀態！但歲月不等她，時間兀自像在奮力衝刺一樣，一晃眼就來到二〇二二年四月二十八日——也就是她碰見小朱的那一天。

當日與小朱分手之後，天色已經昏暗，她獨自慢慢走在人行道上，看著街道兩旁的路燈，和高高掛在各大建築物外牆的明亮燈光，驕傲地對抗著黑夜。她一手輕撫胸口心想：「數年之前小朱在這裡劃下的傷口，已經癒合結了疤。未來如果有機會與葉問再見面，也將選擇面對他，並且大大方方與他坦然聊近況、互相關心未來。而未來，就像過去一樣，或許也將因為某人或某事，由於各種不同的原因，留下不同形狀的新傷疤，但我將同樣選擇不刻意去遺忘，因為每一個傷疤都是一次痊癒的印證，每一道傷疤都代表一次超越——超越了傷痛，超越了人與事的恩怨情仇、利害糾葛。」

晚餐後，她坐到書桌前，在日記裡詳細記下與小朱的交談，還有她自己當日一大籮筐的感悟。

「我自己和多數人一樣，總是抱怨人生沒得選擇很無奈，但其實我們隨時隨地都在做選擇。別人或許會帶來一些推力，但要邁向何方，全在每個人雙足的起落間。每個人都是自己人生舞台上的主角，對於自己人生的劇本，擁有最終的詮釋權和表演權。人生就是我們自己大大小小的選擇的總和，反應自己內心的想法和對自己周遭人、事、物所做的詮釋。曼玲、源豐、小朱、葉問都做了他們自己的選擇，我自己也是一樣。當初與小朱分手，雖然是因為他不應該移情別戀，但其實是我自己的選擇。沒有繼續前去上海工作，雖然看起來是因為父母為了疫情不讓我離開，但其實是我自己選擇了接受父母的意見，繼續留在家裡等待。每次的選擇都有可能將我們帶到當初做決定的時候完全沒有想到的地方，但每個人還是在每個轉彎處都做了選擇，對人事物做了主觀的詮釋。二戰後嬰兒潮世代長輩，希望子孫踏著他們走過的足跡前進，努力讀書上好學校、找個穩定的差事、結婚、生子。事實是，每一個新世代有自己的人生時間表，每個人有獨特的想法，每個人都有應對生活的方式，沒有誰有一帖萬靈丹，也沒有誰可以真正為別人做選擇和改變。」

夜已深了，她躺在床上閉著雙眼，又繼續思索著——從世界大事到人間芝麻瑣碎。

她原本深刻期待透過這次疫情，從此以後世界和平、人間變得互助友愛；然而，血腥的戰爭依然發生！從世界舞台上的政治領袖到微弱的市井小民，人人依然有解不開的疑惑、眷戀和牽掛；人們依然被人與事的利害糾葛著，世俗的權勢名利依然讓人嚮往，親子代溝當然也沒有消失……。突然間，她的思緒跳躍到鄰居的兩個兄弟身上：她記得在二〇一九年底回家過年時，住同棟公寓三樓的兩個小男孩，一個讀國一，一個讀高一；如今，一個參加甄選進了理想的高中，一個上了國立大學。在前所未見的疫情期間，經常遇到學校突然停課、或是突然改成在家遠距離線上學習；但他們沒有拿那些當成自己不必用功讀書的藉口，一路成績優異。我在徬徨虛度的時候，他們兄弟沒有停止前進的腳步，已經雙雙如期完成了國中、高中的學程？兩個小男孩已經變成風度翩翩的小紳士了，而我很快就要變成中年大嬸了嗎？

啊！不可以！不可以——她霍地從躺著的姿勢撐直了身子，坐在床沿坐著低語道：「我當前最重要的兩件事莫過於婚姻和工作。婚姻需要緣分，急不來，但緣來自然水到渠成，擋也擋不住……」話語卡在喉嚨，她想起：「下午本來一開始不想理睬小朱，卻因為轉個念而化解了彼此往日的恩怨情仇，讓心情變得很輕鬆。那麼，糾結著自己的工作問題呢？以前總是執著於以學歷、學習專長，找一份薪水收入穩定、上班作息規律、令人安心的工作。如果轉個彎，自己安排工作時程、為自己創造薪水，怎樣呢？」

她的面容略帶些許亢奮地走到窗邊盯著戶外，用心問自己：「為何不能呢？

說穿了，其實過去就是因為害怕失敗，主動放棄前進的動力。其實，就算求職不成功、創業不成功、愛情不成功，並沒有傷害到別人，也不至於讓家人的生活陷入困境，為什麼要那麼害怕呢？自己的能力並不是太差，就算一切必須從頭開始，也是有辦法做到的！更何況，新工作必然能夠鍛鍊出新能力的！而且每件事情的成功和失敗至少都各佔有百分之五十的機率，為什麼要在還沒有開始時就特別擔心失敗呢？」

她決心改變自己的未來，不僅僅是盼望，而是讓盼望實現的決心！她再次將日記本子拿出來補記，最後用大大的字體特別標註：

今天，二〇二二年四月二十八日，就在今天！我，王秀安，將結束徬徨，身心健康繼續正向往前走！今天是我的結束與開始。王秀安！讚！讚！

她在當天的日記尾端，大筆為自己揮灑了好多個「讚！」

2

每一個結束，總會有一個開始。當秀安努力思索著能讓盼望實現的方法時，舅媽娘家在北部漁港的場景——漁船上岸、美味海鮮，自動飛跳進她的腦海！

舅媽娘家在北部漁村，世代捕魚為業。就像過年時團聚一樣，他們和阿姨、舅舅三家，經常一起到舅媽娘家過中秋節。天氣晴朗時，大夥兒在海邊空地一起野餐，從傍晚延續到夜晚。有幾戶附近的鄰居漁民也來參加。漁民黝黑粗糙的臉上，布滿受盡風浪雕刻的深深皺紋，看起來是那麼純樸、厚實。烤魚、烤蝦、烤透抽……食物的香氣在夕陽晚風中飄送；海浪聲伴隨著笑聲、歌聲、談話聲，一切是那麼溫馨、和平、豐足。

她和表兄弟姊妹們對每一種海鮮都讚不絕口，每次都會有漁民接口說：「我們這裡的漁獲都是很平民的魚、蝦，很適合一般家庭，只要上岸立即分類、分裝、急速冷凍，海港直送，保證新鮮。如果有可靠的對象合作網購，一定會有客戶的！」

那些中秋節的海邊野餐，是她非常喜歡的生活片段；漁民說過的話也一直存在她的記憶裡。

隔天，她一早就起床迎接黎明的曙光。從容吃過早餐後，她感覺渾身充滿能量，準備好開始新的一天。她欣然坐到書桌前，打開電腦，擬定創業企劃案。

她的構想是要設一個網路平台，專賣日常所需的食品——首先從舅媽娘家漁港的海產和爸媽賣的水果出發，然後再慢慢擴增其他系列產品。

她想到純樸的舅媽每次送漁獲來家裡時，都會很熱誠地詳細說明東西好吃在哪裡、要怎麼煮等等；於是她對產品介紹也有了腹案。她計畫在網站上和每個冷凍海鮮包裝袋裡面放一張產品簡介，內容類似舅媽語錄，諸如此類：

§ 宜蘭紅喉：野生紅喉魚喜歡棲息在深海，是超稀有珍貴的魚種。紅喉魚肉呈白色，肉質細緻、油脂豐富。清蒸、乾煎、煮湯都超級美味！

§ 生食級吻仔魚：煮粥、煎蛋、炒飯、炒地瓜葉、辣炒吻仔魚，都保證好吃。

§ 黃雞魚：最適合乾煎，也可以用魚片涮鍋、煮魚湯。日本人喜歡用新鮮黃雞魚做生魚片。

§甜蝦：Q彈口感，有自然的甘甜、鮮味。

……

至於水果方面，她的眼前浮現爸媽以真誠的態度，中規中矩地幫客人介紹他們所賣的產品：

§這是拉拉山媽媽桃，在泰雅族部落媽媽的細心栽種下，果實鮮甜、味美多汁。媽媽桃是桃園的特色水果之一。每年五月左右進入盛產期。

§這是宜蘭三星的「上將梨」，雪白果肉細緻多汁，吃過的人都說比日本梨、韓國梨還好吃！

§王太太，這是美國「加州櫻桃」，一盒五公斤裝。空運的，今天剛到貨。您看每一顆都這麼自然的發光發亮，就知道很新鮮！這些洗過了，請您嚐嚐……滋味不錯吧？甜中帶點酸，自然、健康又營養，您的家人一定超愛！

§那是空運的「日本溫室水蜜桃」，果肉細緻，甜度高，水分多，纖維少。買過的客人都說，這種水蜜桃品嚐過後，只能用「幸福」兩個字來形容！

§ 您前面的是最珍貴稀有的「麻豆老欉小文旦」。這種文旦的皮很薄、滋味甘甜多汁、果肉超細致。中秋節拿來餽贈親友，收到的人肯定捨不得轉送出去！

……

她滿面光彩，嘴角帶著微笑，神情愉快又專注地在電腦鍵盤上敲打。終於，計畫中的產品名稱、產地、包裝、特色、處理方式，還有收款及付款方式、預備合作配送的物流公司……都有了初步的紙上作業。晚餐過後，她慎重其事地請爸媽和哥哥圍坐在餐桌旁，很明確地向他們說明她的規劃。

她說：「時代進步，現在有便利商店和物流公司的合作，在人力、財力方面的投資，相對也比較容易，而且一切配送、收款、付款流程都很方便、迅速、高效率。疫情期間，透過網購宅配食物，替很多家庭解決了惱人的日常民生問題；縱然疫情過去了，網購也將延續，因為已經變成一種習慣，一種時代的趨勢。漁港直送的漁獲品質新鮮、價格平民化；爸媽選的水果有特色，品質保證、價格合理；買賣之間是互惠關係，我希望做到皆大歡喜。至於業務發展，可大可小；為了多樣化、因應季節變化，將來可以加入更多系列產品，甚至進口產品也可以……。」

另外，她還詳加說明「構想中的運作方式、預估的可行性以及往後發展性。」

聽了她有條有理的說明，特別是在聽到她模擬舅媽語錄和爸媽的水果介紹時，她的爸媽都笑得合不攏嘴，無異議一致贊成；敦謙更笑說他要當第一個員工。

她感性地摟著三個親愛的家人說：「謝謝爸，媽，哥沒有潑冷水！我不是很聰明，而且還有一些缺陷；但我知道只要自己能夠做到工作熱誠、信守承諾、條理分明，就能彌補不足。至於成功與否，先不去憂慮會失敗、儘管努力去做就對了。這次的工作大轉彎的決定，其實不是出自偶然，而是因為我內心深層的願望。這個工作正可以讓我擁抱自主、自由，以及自助助人的夢想；同時也可以自在地利用空檔時間，做我最愛的閱讀、書寫和運動。」

二〇二二年五月一日，勞動節假日，秀安興致勃勃開著車子前往漁村，與舅媽的家人和漁民鄰居面對面商談，深入了解適合銷售的漁獲種類、季節，一起研究包裝、冷凍、配送的流程和細節，忙了一整天。他們告訴她，他們相信她是個可靠的合作對象；他們和她一樣都相信這將是三贏的合作。

看見他們的眼睛發亮，她相信這是一個美好的開始，她期許自己一定努力向前走。

尾聲

「秀安網路商店」在嚴守「產品等級分類、品質控管、價格合理、配送準時、信用可靠」的基本原則之下，業務推展順利；很多客戶買過一次以後，不但繼續回籠成為固定客戶，還幫忙介紹親朋好友來購買。兩年後，敦謙成為她最重要的左右手，並陸續增聘請了數名員工。

敦謙結婚了，生活幸福美滿。秀安、敦謙和幫忙管理財務的嫂嫂三人，成了公司三根強壯的支柱。

為了拓展貨源、增加多元的選項，秀安跑了幾個國家，品嘗各地海產和水果，尋找適合國人的特色產品，與國內的專業公司、盤商合作進口。在一次長途的飛行中，她偶然想起葉問曾經朗誦著《一百年的孤寂》的結尾：

「……此時一陣風慢慢吹起，是新生的風，暖洋洋的，充滿過去的聲音、古天竺葵的呢喃、壓過鄉愁的幻滅嘆息。當時他正在發掘自己存在的第一個先兆——所以沒發現那陣風。第二陣風呈圓柱狀吹來，吹鬆了門窗的鉸鍊，掀起東廂的屋頂，弄垮地基，他還一無所覺。……活像照一面有生鏡子似的，此時馬康多已被聖經的颶風化為一渦一渦可怕的沉泥和砂礫……而書上所寫的從遠古到將來……永遠不會重演，因為被判定孤寂百年的部族在地球上是沒有第二次機會的。」

那朗讀的聲音，感性又低沉，將氣勢磅礴的文字襯托得更是雷霆萬鈞，此刻依然讓她動容！

客機在高空上飛翔，她想著大作家的大筆一揮，百年的時光在幾句話之下，就在風中灰飛煙滅，突然感到一絲寒意！她下意識將身上的毯子攥緊，努力將走失的心神拉了回來；卻又忍不住繼續想：「沒錯！相較於宇宙年齡將近一百三十八億年，一百年的人類歷史只不過是彈指之間！但話說回來，作家用了三百多頁的篇章細述一個家族六代在一百年裡的故事，代代有苦有樂，日常有愛有恨，有夢想的動能、幻滅的孤寂，有興有衰，有建設有破壞，有生有死，交織出文明的衝擊、人性的複雜、天災的無情、人為的禍害……。正是這些過程中的瑣瑣碎碎，堆積成百年歷史，為大格局的宇宙印證了人類的存在啊！同樣的，凡塵大眾生年不滿百，在宇宙萬物間，微如蒼海的一滴小水滴；但因為每個人在小格局的生命過程中，必須經歷各種苦樂、慾念、愛恨情仇，為夢想奮鬥的堅持、熱情與茫然，品嘗成功與失敗、失望與寂寥……就是透過每個當下點點滴滴真實的體驗，印證了生命的存在。」

她又想到：「跟據報載，國人的平均壽命女性超過八十四歲，那麼自己在世界上還有四十多年的歲月耶！縱然沒能再活那麼多年，但想起之前曼玲提過的，三十歲的NIGHTBIRDE多麼珍惜僅有的百分二存活率，自己真的太幸運了！是的，我當然應該好好珍惜活著的每一天，並且對未來的人生有所期待。過去縱然有些遺憾，但已經過去了。而未來，難免嘗盡各種酸甜苦辣的人生況味；仍然要努力去做些事。努力過總比了無生趣讓時間虛度，等待最終點的灰飛煙滅來得強⋯⋯。」

在這次漫漫的空中旅途中，她不停地整理著內心深處的思維、回首過去也遙望未來，意外發現自己其實是在這個當下，才真正領悟了所謂的「人活在當下」這幾個字的真義！她很慶幸自己沒有被新冠肺炎疫情擊垮、沒有在徬徨中讓學習停頓、及時在轉彎處選擇了方向。她知道之前賦閒的防疫日子，是生命中的奇妙恩典；她感恩在家人的愛和包容之下，享受了一段長長的假期，獲得一次生命中珍貴的休息，儲備了充足的能量再出發。

那天夜裡，在異國的旅館床上她做了一個夢：

她滿頭白髮，戴著金框眼鏡，很愜意地斜躺在一張厚實的木頭搖椅上，一對雙頰紅潤的雙胞胎小孫子咯咯嘻笑著繞在她的膝前，晶亮的眼睛盯著她轉，然後小男孩跑到後面推動她的搖椅，她手上的書滑落地上，同時她聽到老伴在書房喊道：樂樂，來幫爺爺找眼鏡。爺爺，我來了！小女孩一邊嘻嘻笑著，一邊像小鴨子般啪啦啪啦碎步跑，鞋子一路發出啾啾響。

翌日清晨，她神清氣爽地醒來。她相信那個夢不只是夢，而是個預告——告訴她將來，而且是在不久的將來，她將遇到那個對的他。她知道前方有什麼在等著她，她相信好事一定會發生的，沒有人可以說事情不應該是這樣的。

（全文完）

跋

二〇二二年二月，俄烏戰爭爆發，新冠肺炎疫情依然在全球肆虐。在戰爭爆發的隔日，我和一位身心健朗、很有智慧的師長聊時事，有一小段這樣的對話：

「老師，請問您，戰爭和病毒一樣，都導致世人極大的痛苦，不知這些災難是源自於殘忍？起因於愚蠢？」

「戰爭既殘忍又愚蠢而且瘋狂！古今中外的任何一場戰爭，都充滿著極其愚蠢的決斷和無比殘忍的瘋狂行動！至於病毒的起因，且讓我們拭目以待歷史的公斷。」

「老師您相信歷史記錄的就是真相嗎？必然公平嗎？」

「唉！我這麼老了，恐怕沒辦法活著回答妳這個問題了。這場瘟疫加上戰爭，必然導致全世界供應鏈失衡、能源短缺、糧食短缺、通貨膨脹……前所未見的複合式災難，已經遠遠超出我的知識範疇了！」

師長如是說，讓我深感震撼！一股蟄伏已久的書寫的想望蹦了出來，於是我當日便開始埋首敲打鍵盤，將虛擬的人物穿插在時事紀實之中：從二〇一九年底發現案例，病毒在二〇二〇年開始到世界各處擴散……。

接著時間來到二〇二二年五月十三日，新聞媒體報導從來不戴口罩的北韓領導人金正恩，首次戴口罩在公開場合露面；五月十六日，美國ＣＤＣ調升臺灣疫情風險至最高第三級與全球百餘地點並列，許多深受美國人歡迎的歐洲旅遊地點依舊停留在第三級。時間繼續向前走到二〇二二年八月下旬，日本（人口總數124,840,000計至二〇二二年七月一日止）單日確診超過二十四萬例，連續五周是全世界確診數最多的國家；南韓（人口數51,611,000計至二〇二二年三月一日止）單日確診超過十五萬例；臺灣（人口數23,196,000計至二〇二二年六月一日止）疫情升溫，預估九月中下旬達到高峰。

到了二〇二二年八月底，我拋開電腦、舉目四望、耳聽八方，慨歎疫情依然持續著，兩岸局勢空前緊張，而俄烏戰爭也還沒有結束！根據報載，光是二〇二二年的一至八月，全球又增加了超過一百萬人染疫病歿；病毒和烽火給世界所帶來的政治、經濟和社會的問題正在深刻影響著各地的未來。

萬物之靈的人類在與病毒的戰疫中，從防止擴散的公共衛生、戴口罩、勤洗手、保持社交距離、封城、鎖國……到積極的檢驗、藥物、疫苗、治療等措施都到位了，但病毒依然存活，世界各國決定走向與病毒共存。那麼，人類與人類的戰爭呢？戰機、艦艇、砲彈、坦克車，乃至道德勸說、利害分析、資訊擾亂、金融制裁、能源及核武威脅……各種文攻武嚇的手段都搬出來使用了，世人也備嘗了苦果，世界是否終將邁向和平？

在一切看起來困難重重之際，大多數國家因為經濟考量，紛紛採取更寬鬆的防疫政策，對內鬆綁限制，對外緩解「鎖國」的嚴格邊境措施。大多數人似乎都相信病毒再怎麼頑強，早晚會消失的；烽火再怎麼熾烈，總有一天會熄滅的；至於它們所衍生出來的災難，總會有地靜人安的一天。儘管專家不斷呼籲不能忽視新的變異病毒可能繼續來亂、毀滅性的核武可能被利用；但大多世人繼續努力過生活。

請問，人們繼續向前走的信心打從哪裡來？或說，隧道再怎麼漫長，總有盡頭；

漫漫長夜之後，黎明總會到來。在同樣的信念之下，我抱持著終有一天會更好的希望，為書中的小故事做了貼近真實的描述，寫下想像中的完結篇。在此衷心祈願世界和平、眾生萬物皆安康。

（劉玉梅　二〇二二年八月三十一日）

致謝

特別感謝江寶珠，林德坤、詹綉燕賢伉儷，以及謝玉枝。謝謝有你們的鼓勵推著我前進，為這段人類與病毒的戰疫、以及俄烏戰爭的過患留下浮光掠影的紀錄。謝謝好友們對某些章節提供意見，有這些不同的想法與看法互相激盪，不但幫我克服了盲點，更形成珍貴的推力與助力。

還要感謝江寶珠協助逐字校對。妳用心觀察入微，讓我感動！謝謝詹綉燕提供照片，做為這本書的封面素材。

寫作的熱誠與動能，來自大家的支持與鼓舞，我將永遠銘記！

語言文學類　PG2880　秀文學52

疫情蔓漫徬徨時

作　　者 / 劉玉梅
責任編輯 / 莊祐晴
圖文排版 / 周妤靜
封面設計 / 吳咏潔

發 行 人 / 宋政坤
法律顧問 / 毛國樑　律師
出版發行 / 秀威資訊科技股份有限公司
114台北市內湖區瑞光路76巷65號1樓
電話：+886-2-2796-3638　傳真：+886-2-2796-1377
http://www.showwe.com.tw
劃撥帳號 / 19563868　戶名：秀威資訊科技股份有限公司
讀者服務信箱：service@showwe.com.tw
展售門市 / 國家書店（松江門市）
104台北市中山區松江路209號1樓
電話：+886-2-2518-0207　傳真：+886-2-2518-0778
網路訂購 / 秀威網路書店：https://store.showwe.tw
國家網路書店：https://www.govbooks.com.tw

2023年1月　BOD一版
定價：250元

讀者回函卡

國家圖書館出版品預行編目

疫情蔓漫徬徨時 / 劉玉梅著. -- 一版. -- 臺北市 :
秀威資訊科技股份有限公司, 2023.01
面；　公分. -- (語言文學類)(秀文學 ; 52)
BOD版
ISBN 978-626-7187-47-0(平裝)

863.57　　　　111021018